双葉文庫

日溜り勘兵衛 極意帖

仕掛け蔵

藤井邦夫

目次

仕掛け蔵　日溜り勘兵衛　極意帖

第一話　仕掛け蔵

一

根岸《ねぎし》の里、時雨《しぐれ》の岡《おか》には遊んでいる子供たちの楽しげな声が響き、石神井川《しやくじいがわ》用水の流れは陽差しに煌《きら》めいていた。

黒猫庵《くろねこあん》の広い縁側《えんがわ》の日溜《ひだま》りには、錏勘兵衛《しころかんべえ》が柱に寄り掛かって転《うた》た寝《ね》をしていた。

勘兵衛の胡座《あぐら》の中には、老黒猫が丸く納まって寝ていた。

長閑《のどか》な時は流れる。

老黒猫は眼を覚まし、勘兵衛の胡座を抜け出て背伸びをし、野太い声で一鳴きしてのっそりと立ち去った。

人嫌いの老黒猫が立ち去る時は、誰かが来る時だ。

勘兵衛は、柱に寄り掛かったまま薄目を開けた。

垣根の外に人影が過《よ》ぎり、木戸に白髪《しらが》頭の故買屋吉五郎《こばいやきちごろう》が現れた。

「旦那……」

「おう……」

勘兵衛は、老黒猫の感覚の鋭さに苦笑した。

「お邪魔しますよ……」

吉五郎は、木戸から庭先に入って来た。

「あがるが良い……」

「いいえ。此処《ここ》で……」

吉五郎は、縁側に腰掛けた。

「そうか。で、どうした」

吉五郎が、用もないのに根岸の里に来る筈はない。

勘兵衛は読んだ。

「蔵前《くらまえ》の札差《ふださし》、大口屋《おおぐちや》をご存知ですか……」

吉五郎は用件に入った。

「ああ。江戸でも五本の指に入る札差だな」

〝札差〟とは、旗本《はたもと》・御家人《ごけにん》の代理として俸禄《ほうろく》の蔵米《くらまい》を受け取り、売捌《うりさば》きの事務を行って手数料を取り、その米を担保に金を貸すのを生業《なりわい》にする商人である。その名の謂《いわ》れは、蔵米受取手形である〝札〟に受取人の名を記して割竹《わりだけ》に挟んで蔵役所の藁苞《わらづと》に差した処《ところ》からきていた。

札差は、享保《きょうほう》の時に百九人と定められ、旗本・御家人の便宜《べんぎ》を図った。だが、物価はあがるが俸禄のあがらない旗本・御家人たちは前借りをしなくてはならなくなり、暴利を貪《むさぼ》る札差も現れるようになった。

「はい……」

吉五郎は頷《うなず》いた。

「その大口屋がどうかしたのか……」

「近頃、どんな盗賊にも破られない金蔵《かねぐら》を作ったと、旦那の喜左衛門《きざえもん》が札差仲間に自慢していると専《もっぱ》らの噂《うわさ》でしてね」

「ほう。どんな盗賊にも破られない金蔵か……」

勘兵衛は、小さな笑みを浮かべた。

「ええ。それで面白いのはこれからでしてね」

吉五郎は、その眼を小さく輝かせた。

「なんだ……」

「弁天《べんてん》のお頭《かしら》が、喜左衛門の自慢を聞いて大口屋の金蔵を破ると云っているそうですぜ」

「五郎蔵《ごろぞう》が……」

勘兵衛は眉をひそめた。

弁天のお頭こと五郎蔵は、どんな金蔵でも破って金を盗み出す、犯さず殺さずの本道を行く老盗賊だった。

「はい。押し込み、近々らしいですよ」

様々な金蔵を破ってきた盗賊の弁天の五郎蔵が、難攻不落《なんこうふらく》を誇る札差『大口屋』の金蔵を破ると云っているのだ。

「そいつは見物だな……」

勘兵衛は、面白そうに笑った。


札差『大口屋』は、浅草《あさくさ》蔵前の通りの御蔵前片町《おくらまえかたまち》にあった。

旦那の喜左衛門は、金蔵を店から続く内蔵として新たに造った。

帳場の奥の内廊下を進むと、錠前《じょうまえ》の組み込まれたがっしりとした引き戸があった。

そこが、札差『大口屋』の内蔵であり、主《あるじ》の喜左衛門の自慢の金蔵があった。金蔵の土台、床、壁は大谷石《おおやいし》で組まれ、天井《てんじよう》には鋼《はがね》の板が張られていた。そして、四方の石壁の上部には、金網で覆《おお》われた幅が二寸、長さ二尺程の風抜き穴が切られている。

外から破る手立てはない。

金蔵の引き戸を開けると板の間になり、奥には金蔵の鉄縁の扉があった。鉄縁の扉を開けると中に千両箱が積まれている。

板の間は板壁であり、外に繋《つな》がる戸口があった。だが、その戸口が札差『大口屋』の建物の何処《どこ》になるのかは、外から見ただけでは良く分からなかった。そして、扉と引き戸の鍵《かぎ》は、主の喜左衛門と番頭の忠兵衛《ちゆうべえ》が管理している。

札差『大口屋』の金蔵は、主の喜左衛門が自慢するだけあり、破るのは至難《しなん》の業《わざ》だ。

盗賊・弁天の五郎蔵は、その金蔵を破ろうと企《くわだ》てている。

噂は、江戸に潜《ひそ》む盗賊たちに密かに広まった。盗賊たちは、弁天の五郎蔵の押し込みの首尾《しゆび》を固唾《かたず》を呑んで待った。

盗賊・弁天の五郎蔵は、五人の手下を率いて札差『大口屋』に忍び寄った。

五郎蔵は、手引き役も内通者も使わず、内蔵迄《まで》の見取図を頼りに押し込み、金蔵を破るつもりだ。

内蔵迄の見取図は、手下の一人が内蔵の普請《ふしん》をした大工の見習《みならい》に酒をのませて聞き出し、作ったものだった。

五郎蔵と手下たちは、見取図を頭に叩き込んで押し込みに臨《のぞ》んだ。

札差『大口屋』の者たちが眠ったのを見定めて忍び込む。そして、帳場の奥の廊下を進み、内蔵の引き戸と金蔵の扉を錠前破りの道具を使って開ける。

五郎蔵は小細工をせず、真っ当な押し込みを企てていた。

丑《うし》の刻八つ（午前二時）。

弁天の五郎蔵と手下たちは、主の喜左衛門を始めとした店の者たちが眠りについたのを見定めた。

「お頭……」

「よし……」

五郎蔵は頷いた。

手下は、鎖子抜《かけがねぬき》を使って大戸の潜り戸の掛金《かけがね》を外《はず》した。そして、潜り戸の敷居に水を流し、音を立てずに開けた。

五郎蔵と手下たちは、暗い店内に忍び込んで物陰に潜んだ。

僅《わず》かな刻が過ぎた。

店の者が起きた様子もやって来る気配もなかった。

見定めた五郎蔵は、三人の手下を店に残して帳場の奥に進んだ。

二人の手下が続いた。

残った三人の手下は、暗がりに潜んで店の者たちの動きに備えた。

五郎蔵と二人の手下は、帳場の奥の暗い内廊下を油断なく進んだ。

突き当たりには、がっしりとした引き戸があった。

内蔵だ……。

手下が引き戸を開けようとした。だが、引き戸には錠が掛けられ、毛筋《けすじ》程も動かなかった。

五郎蔵は、手下に明かりを灯すように指示した。

手下は、竹筒に仕込んであった火の付いた火縄を取り出し、引き戸を照らした。

五郎蔵は引き戸の鍵穴を見付け、手作りの錠前破りの道具で錠を外しに掛かった。

使い慣れた錠前破りの道具は、五郎蔵の指先と同じだった。

小さな音が鳴り、錠は解かれた。

五郎蔵は、皺《しわ》の刻まれた顔に快感を浮かべた。

手下たちは、引き戸を僅かずつ開けた。

引き戸の中は暗く、冷ややかさが漂《ただよ》っていた。

五郎蔵は、暗い内蔵の中を窺《うかが》った。

奥に鉄縁の扉が見えてきた。

金蔵だ……。

五郎蔵は、手下たちに頷いて内蔵の中の板の間に踏み込んだ。手下たちが素早く続いた。

板の間の床が、五郎蔵と二人の手下の重さに軋《きし》み、僅かに沈んだ。

次ぎの瞬間、引き戸の傍に三寸角《さんずんかく》の格子戸《こうしど》が音を立てて天井から落ちてきた。

五郎蔵と二人の手下は驚愕《きょうがく》した。

三寸角の格子戸は、引き戸を覆って退《の》き口《ぐち》を奪った。

二人の手下は、慌てて格子戸に取り付いて揺り動かした。だが、格子戸は微動だにしなかった。

「お、お頭……」

二人の手下は、激しく狼狽《うろた》えた。

最早《もはや》、金蔵を破って金を奪う処《どころ》ではない。

「外への出入口がある筈だ。探せ」

五郎蔵は命じた。

二人の手下は、板壁に出入口を探した。

これ迄か……。

五郎蔵は、不吉な予感に衝《つ》き上げられた。

激しい音が鳴り、家が揺れた。

店の奥に人が動き出す気配がし、明かりが灯された。

見張りに残っていた三人の手下は、事の成り行きに驚いて顔を見合わせた。

奥に何人もの人の声があがり、明かりを手にして店に出て来る。

三人の手下は、慌てて潜り戸から外に逃《のが》れた。

「誰だ……」

奉公人が、逃げた手下たちに気が付いた。

「盗人《ぬすっと》だ。盗人が忍び込んでいるぞ」

「お役人だ。お役人に報《しら》せろ」

奉公人たちの慌てた声が、夜の静けさに飛び交った。

盗賊・弁天の五郎蔵と二人の手下は、内蔵に閉じ込められた。

外に出る戸口は何処にもなかった。

外から破る事の出来ない金蔵は、内側からも逃れ出る手立てもない。

二人の手下は、恐怖に震えながら三寸角の格子戸を破ろうとしていた。

五郎蔵は覚悟を決め、二人の手下を冷ややかに見守った。

北町奉行所の同心たちが、捕《と》り方《かた》を率いて駆け付け、五郎蔵と二人の手下をお縄にした。

札差『大口屋』の喜左衛門は、同心たちに引き立てられて行く五郎蔵を嘲《あざけ》り笑った。

「うちの金蔵を破ろうとは。所詮《しょせん》は盗賊、愚かなものだ……」

喜左衛門は、五郎蔵を馬鹿にして大声で嘲笑した。

弁天の五郎蔵は、命と一緒に盗賊としての名を失ったのを知った。

弁天の五郎蔵の押し込みは失敗した。

「それで五郎蔵と二人の手下は、北町奉行所に引き立てられたのか……」

勘兵衛は眉をひそめた。

「ええ。他にいた手下はどうにか逃げたようですがね」

吉五郎は吐息を洩らした。

「五郎蔵たち、どうして役人が駆け付けて来る前に逃げなかったんだい」

勘兵衛は、吉五郎に訊いた。

「そいつがどうしてかは分かりませんが、弁天のお頭たちは、金蔵の前でお縄になったそうですよ」

「金蔵の前で……」

勘兵衛は、微《かす》かな戸惑いを覚えた。

「ええ。大口屋の喜左衛門、所詮は盗賊、愚かなものだと大笑いをし、金蔵を自慢しているそうですよ」

吉五郎は、不愉快さを滲《にじ》ませた。

「所詮は盗賊、愚かなものか……」

勘兵衛は苦笑した。

「ええ。喜左衛門、盗人を馬鹿にし、侮《あなど》っているようですね」

「ま、五郎蔵が押し込みに失敗したのは事実だ。馬鹿にされ、侮られても仕方があるまい」

勘兵衛は、厳しい面《おも》持《も》ちで告げた。

「そりゃあ、そうでしょうがね……」

「よし。大口屋を見物しに行くか……」

勘兵衛は、日溜りから立ち上がった。


蔵前の通りは、神田川に架かっている浅草御門から浅草広小路《ひろこうじ》を繋いでいる。

公儀浅草御蔵は、その蔵前の通りと大川の間にあった。五十万石を収蔵出来る浅草御蔵は、二万七千九百坪の広大な敷地を誇り、大川に面した一番堀から八番堀まであった。

札差『大口屋』は、蔵前の通りを挟んだ御蔵前片町にあった。

勘兵衛は、浅草御蔵の傍を流れる新堀川《しんぼりがわ》に架かる鳥越橋《とりごえばし》の袂《たもと》に佇《たたず》み、塗笠《ぬりがさ》を上げて札差『大口屋』を眺《なが》めた。

札差『大口屋』は、何事もなかったかのように店を開けていた。

蔵前の通りを行き交う人々は、札差『大口屋』を一瞥《いちべつ》しては笑いながら囁《ささや》き合った。

「弁天の五郎蔵って盗人、大口屋に押し込んでお縄になったの知っているかい」

「ああ。大口屋の金蔵、どんな盗人でも破れはしねえそうだぜ」

「じゃあ五郎蔵って盗人、飛んで火にいる夏の虫か……」

「まあな。大口屋の旦那。所詮、盗賊は馬鹿な陸《ろく》でなしだって、腹を抱えて大笑いしたって話だぜ」

行き交う人々は笑った。

「喜左衛門の野郎……」

吉五郎は苦笑した。

「吉五郎、五郎蔵の手下で逃げ延びた奴に逢えるかな……」

「お頭……」

吉五郎は眉をひそめた。

「弁天の五郎蔵がどのようにして捕まったのか、知りたくなった」

勘兵衛は、小さな笑みを浮かべた。

「分かりました。直《す》ぐに手配《てくば》りをしてみます」

「頼む……」

「はい。じゃあ御免なすって……」

吉五郎は立ち去った。

弁天の五郎蔵は、どのような経緯《いきさつ》で捕まったのか……。

札差『大口屋』の金蔵は、どのようなものなのか……。

勘兵衛は、いつの間にか興味を抱いている己に苦笑した。

小僧に伴われた町駕籠《まちかご》が、札差『大口屋』にやって来た。

小僧は、町駕籠を待たせて『大口屋』に入って行った。

喜左衛門が出掛けるのか……。

勘兵衛は、塗笠を目深《まぶか》に被《かぶ》って『大口屋』を見守った。

小柄な初老の旦那が、大柄な番頭たち奉公人に見送られて『大口屋』から出て来た。

喜左衛門……。

勘兵衛は、小柄な初老の旦那が喜左衛門だと睨《にら》んだ。
喜左衛門は町駕籠に乗り、番頭たち奉公人に見送られて出掛けた。
追ってみるか……。
勘兵衛は、充分に距離を取って喜左衛門の乗った町駕籠を追った。
喜左衛門を乗せた町駕籠は新堀川を渡り、三味線堀《しゃみせんぼり》の近くを抜けて尚も西に進んだ。
勘兵衛は尾行《つけ》た。
このまま進めば下谷《したや》広小路だ……。
勘兵衛は追った。
町駕籠は下谷広小路を横切り、不忍池《しのばずのいけ》の畔《ほとり》にある料理屋の表に到着した。
料理屋の女将《おかみ》と仲居《なかい》たちが、町駕籠から降りた喜左衛門を迎えた。
喜左衛門は、駕籠舁《かごか》きに何事か声を掛けて女将たちと料理屋に入って行った。
勘兵衛は見届けた。
料理屋から下足番《げそくばん》の老爺《ろうや》が現れ、表の掃除を始めた。

勘兵衛は、下足番の老爺に近付いた。

「ちょいと尋ねるが……」

勘兵衛は、老爺に声を掛けた。

「へい。何でしょうか……」

「今、入った旦那、確か札差の大口屋の喜左衛門どのだな……」

「へ、へい。お侍さまは……」

「うむ。いろいろ世話になっている者だ……」

勘兵衛は、札差『大口屋』に俸禄の管理を任せている御家人を装った。

「それはそれは……」

老爺は、独《ひと》り合点《がてん》して頷いた。

「押し込んだ盗賊を捕らえたと聞いたが、今日は何だ」

勘兵衛は、話を誤魔化《ごまか》しながら訊いた。

「へい。札差の旦那衆の寄合《よりあ》いですよ」

「寄合い……」

「ええ。ま、寄合いと云っても、旦那衆が喜左衛門さまに、押し込んだ盗賊をお縄にした顚末《てんまつ》を訊いているんですよ」

「喜左衛門さまのお話、面白いそうでしてね。あっしも聞きたいぐらいですよ」

老爺は笑った。

「そうか。いや、手を止めさせて済まなかったな」

「いいえ……」

勘兵衛は、老爺に礼を述べて料理屋の前から立ち去った。

札差『大口屋』喜左衛門は、盗賊・弁天の五郎蔵捕縛《ほばく》の顛末を面白可笑《おもしろおか》しく語り、金蔵の自慢をしている。

勘兵衛は苦笑した。

所詮は裏渡世《うらとせい》に生きる盗賊、馬鹿にされ笑い物の種にされた処で恨む筋合いではない。

だが……。

勘兵衛は、不忍池の岸辺に佇んだ。

不忍池に風が吹き抜け、小波《さざなみ》が煌めきながら水面《みなも》を走った。

勘兵衛は、風に解れ髪《ほつ》を揺らしながら眩《まぶ》しげに煌めく小波を眺めた。

「ほう……」

弁天の五郎蔵が、札差『大口屋』自慢の金蔵を破ろうとして役人に捕らえられた事実は、盗賊たちに衝撃を与えた。

吉五郎は、裏渡世の伝手《つて》を辿《たど》って弁天の五郎蔵の手下を捜し始めた。

本所竪川《ほんじよたてかわ》二つ目之橋《ふためのはし》の南詰、林町《はやしちよう》一丁目に百獣屋《ももんじや》はあった。

百獣屋とは獣肉を料理して食べさせる店であり、猪《いのしし》の肉を牡丹《ぼたん》や山鯨《やまくじら》、鹿の肉を紅葉《もみじ》などと称して食べさせていた。

〝ももんじ〟とは、尾の生えているものや毛深いものを嫌って云う言葉だ。

吉五郎は、百獣屋に入った。

肉の煮える匂いが鼻を突いた。

「いらっしゃいませ……」

顔見知りの若い衆が、小さな笑みを浮かべた。

「いるかい……」

吉五郎は親指を立てて見せた。

「へい。裏の板場に……」

「そうか、邪魔するよ……」

吉五郎は、板場を抜けて裏手に出た。

裏手には竪川が流れ、中年男が葦簀《よしず》の陰で猪の肉を捌《さば》いていた。

吉五郎は、辺りに溜っている血や骨に眉をひそめた。

中年男は、吉五郎に気が付いた。

「こりゃあ吉五郎の親方……」

「やあ。達者だったかい、仙造《せんぞう》……」

仙造は、裏渡世の者に詳しい百獣屋であり、昔から吉五郎の世話になっていた。

「へい、お陰さまで……」

猪の肉を捌いていた仙造は、肉切り包丁を置いて吉五郎に挨拶《あいさつ》をした。

「構わねえ。手を止めずに聞いてくれ」

吉五郎は囁いた。

「へい……」

仙造は、吉五郎が裏渡世に拘《かか》わる事で訪れたと知り、再び猪の肉を捌き始めた。

「弁天のお頭の一件、聞いているね」

吉五郎は、仙造が猪の肉を捌くのを興味深げに見守った。

「ええ……」

仙造は頷いた。

「その時、逃げた手下に逢いたいんだがな」

「手下ですかい……」

「ああ。弁天のお頭が、何故お縄になったか知りたくてね。どうだ、手下、知らないかな」

「文吉《ぶんきち》って、牡丹鍋の好きな奴がいましてね。今夜辺《あた》り来るかも……」

仙造は、文吉と云う弁天の五郎蔵の手下を知っており、今夜店に来るかもしれないと告げた。そこには、文吉の栖処《すみか》は知らないと云う意味も籠《こ》められていた。

「今夜辺りな……」

「ええ……」

仙造は頷いた。

「じゃあ、出直して来るか……」

「へい。良い牡丹ですぜ。どうぞ、食べにいらして下さい」

仙造は、捌いたばかりの桃色の肉を見せた。

「ああ。楽しみにして来るよ。じゃあな……」

吉五郎は、百獣屋の裏手を出た。

竪川には、船頭の歌う唄が長閑に響いていた。

二

上野元黒門町《うえのもとくろもんちょう》の口入屋《くちいれや》『恵比寿屋《えびすや》』は、暖簾《のれん》を風に揺らしていた。

勘兵衛は、塗笠を取りながら『恵比寿屋』の暖簾を潜った。

「おいでなさいませ……」

帳場にいた女将のおせいが、勘兵衛に気が付いて小さく頷いた。

「腕の良い大工を捜しているのだが……」

勘兵衛は、雇い主を装って框《かまち》に腰掛けた。

「大工ですか……」

おせいは、茶を淹《い》れ始めた。

「ああ……」

「たとえばどのような……」

おせいは眉をひそめた。

「札差の大口屋の金蔵を造れる大工だ……」

勘兵衛は、小さな笑みを浮かべた。

「あら。噂の金蔵を造れる大工ですか。どうぞ……」

おせいは、勘兵衛に茶を差し出した。

「うむ……」

勘兵衛は、湯気の立ち昇る茶をすすった。

おせいは、勘兵衛が札差『大口屋』の金蔵を造った大工を捜しているのを知った。

「で、どうだ。捜せるかな……」

「そりゃあもう、何としてでも捜しますよ」

勘兵衛は、弁天の五郎蔵が押し込みに失敗した札差『大口屋』の金蔵を破ろうとしている。

おせいはそう睨み、楽しそうに声を弾ませた。

「じゃあ、宜しく頼む」

勘兵衛は、塗笠を被りながら『恵比寿屋』を後にした。

不忍池には夕陽が赤く映えていた。

日は暮れた。

本所竪川の流れは、蒼白く映える月明かりを揺らしていた。

吉五郎は、百獣屋を訪れた。

百獣屋の店内に客は少なかった。

「いらっしゃいませ……」

若い衆は、吉五郎を笑顔で迎えて板場に入った。

僅かな刻が過ぎ、板場から仙造が出て来た。

「おいでなさい……」

「やあ、良い牡丹、食べに来たよ」

「へい。じゃあ、こちらに……」

仙造は囁き、吉五郎を壁際で牡丹鍋を食べ酒を飲んでいる若い男の許《もと》に誘った。

「文吉、こちらがさっき話した親方だ」

仙造は、文吉と呼んだ若い男に吉五郎を引き合わせた。

「へ、へい……」

文吉は、吉五郎に警戒する眼を向けて会釈《えしゃく》をした。

「邪魔するよ」

吉五郎は、親しげな笑みを浮かべて文吉の隣りに座った。

「おまちどおさま……」

若い衆が、酒と牡丹鍋を持って来た。

「おう……」

「じゃあ、ごゆっくり……」

仙造と若い衆は板場に戻った。

「ま、一杯……」

吉五郎は、文吉に徳利《とつくり》を向けた。

「へい。畏《おそ》れいります」

文吉は、猪口《ちょこ》を空《あ》けて差し出した。

「いろいろ大変だったな……」

吉五郎は、文吉の猪口に酒を満たした。

「へい……」

文吉は、徳利を手にして吉五郎に酌《しゃく》をした。

「すまねえな……」

吉五郎と文吉は、酒を飲みながら牡丹鍋を食べた。

「大丈夫なのか……」

「今《いま》の処《ところ》は……」

文吉は、緊張を滲ませた。

今の処、捕らえられた五郎蔵と手下たちは仲間を売った気配はないのだ。

「そいつは良かった」

「はい……」

「で、どんな様子だったんだい……」

吉五郎は声を潜めた。

「金蔵は、店の帳場の奥、内廊下の突き当たりにある内蔵の中にありましてね。お頭と二人の手下が向かい、あっしたちは店で見張りに付きました……」

文吉は、手酌で酒を飲んだ。

吉五郎は酒を飲み、牡丹鍋を食べながら文吉の話を聞いた。

「そして、その内に内廊下の奥から大きな音がして店が揺れて……」

「大きな音がして店が揺れた……」

吉五郎は戸惑った。

「へい。内廊下の奥にある金蔵で何かが起きたんです」

文吉は眉をひそめた。

「五郎蔵さんたちは……」

吉五郎は、思わず五郎蔵の名を出した。

「戻って来ませんでした……」

「戻って来ない……」

吉五郎は眉をひそめた。

「へい……」

「店を揺らす程の大きな音か……」

「へい。何かが滑《すべ》るような、ごうって音がして、どんっと……」

「何かが滑り落ちたか……」

金蔵には、何らかの仕掛けがしてあったのだ。

吉五郎は睨んだ。

「きっと……」

文吉は頷いた。

「で……」

吉五郎は、文吉を促《うなが》した。

「そうしたら、店の者たちが起きて来まして、あっしたちは……」

「逃げたのか……」

「へい……」

文吉は、悔しげに頷いた。

「それで良かったんだよ。だが、暫《しばら》く江戸から離れた方が良いな」

「そいつは分かっているんですが、お頭たちがどうなるか見届けてからと……」

「そいつは無用だ……」

吉五郎は厳しく告げた。

「えっ……」

文吉は眉をひそめた。

「さっさと何もかも忘れて、やり直すか足を洗うかだ。どっちにしろ、早く江戸から離れるんだな」

吉五郎は、文吉に紙包みを差し出した。

紙包みには、数枚の小判が入っている。

「これは……」

文吉は戸惑った。

「どっちに行くのか知らないが、路銀《ろぎん》の足《た》しにしてくれ……」

吉五郎は微笑《ほほえ》んだ。


石神井川用水で遊ぶ水鶏《くいな》の鳴き声は、御行《おぎょう》の松《まつ》や不動尊の草堂《そうどう》がある時雨の岡に響いていた。

黒猫庵の縁側は陽差しに溢《あふ》れ、老黒猫が腹を見せて眠っていた。

勘兵衛は、居間の囲炉裏端《いろりばた》で訪れた吉五郎の話を聞いた。

「何かが滑り落ちて大きな音がしたか……」

勘兵衛は眉をひそめた。

「家が揺れる程だったと……」

吉五郎は、大きな音に対する勘兵衛の睨みを窺った。

「そして、弁天の五郎蔵と二人の手下は、金蔵から出て来なかったのだな」

「文吉の話では……」

吉五郎は頷いた。

「五郎蔵と二人の手下。その時、何故直《す》ぐに引き上げなかったのか。それに、もし店の者たちが金蔵に駆け付けた処で相手は素人《しろうと》、切り抜けるのは容易な筈だ……」

「ええ……」

「だが、五郎蔵と二人の手下は一人として逃げられず、駆け付けた役人に捕らえられてしまった。そいつは何故か……」

勘兵衛は、五郎蔵たちが陥った事態を推し量った。

「大きな音が拘わりあるんですかね」

吉五郎は首を捻《ひね》った。

「うむ。おそらくそいつが、五郎蔵たちを金蔵に足止めしたのだ」

勘兵衛は読んだ。

「じゃあ、やっぱり金蔵には何かの仕掛けがあった……」

吉五郎は睨んだ。

「そいつは間違いあるまい……」

勘兵衛は頷いた。

だが、金蔵の仕掛けがどのような物かは分からない。

「店の者を締め上げてみますか……」

吉五郎は、勘兵衛を窺った。

「そいつは後始末が面倒だ」

勘兵衛は、金蔵に興味を持っている者がいるのを、札差『大口屋』の者に知られるのを嫌った。

「じゃあ……」

「大口屋の金蔵を造った大工が何処《どこ》の誰か、恵比寿屋が調べてくれている」

「成る程《ほど》、その手がありましたか……」

吉五郎は笑みを浮かべた。

「うむ……」

「それでお頭、弁天のお頭が捕まった経緯を調べて如何《いかが》するんですかい……」

吉五郎は、勘兵衛の腹の内を探った。

「吉五郎、大口屋喜左衛門は昨日、不忍池の料理屋に行ってな」

「そこで何か……」

吉五郎は、厳しさを過《よ》ぎらせた。

「ま、料理屋に行ったのは、札差の旦那衆の寄合いなのだが、喜左衛門、そこで五郎蔵捕縛の顚末を面白可笑しく話し、金蔵を自慢するそうだ」

「何だか悔しいですね……」

吉五郎は苦笑した。

「吉五郎もそう思うか……」

「ま、喜左衛門には、何の落ち度はありませんがね……」

「うむ。それに取立てて悪辣《あくらつ》な商いをしている様子でもない……」

勘兵衛は頷いた。

「ええ。喜左衛門の評判、決して悪くはありませんよ」

「だが、このままにはして置けない……」

勘兵衛は微笑んだ。

「お頭……」

吉五郎は眉をひそめた。

「所詮は盗人。他人さまの物を盗み取る悪党だ。立派な志や矜持《きようじ》は持ち合わせていないが、意地だけはある」

「じゃあ……」

「吉五郎、札差大口屋の自慢の金蔵、破ってやるぜ……」

勘兵衛は、侮りや昂《たか》ぶりを見せず、楽しげに云い放った。


札差『大口屋』の金蔵を破る。

盗賊・眠り猫の勘兵衛は、弁天の五郎蔵が押し込みに失敗した札差『大口屋』自慢の金蔵に挑む。

吉五郎は、船頭の丈吉《じょうきち》と共に札差『大口屋』の様子を探り始めた。

「流石《さすが》はお頭……」

船頭の丈吉は、お頭の勘兵衛の企てを知って意気込んだ。

「丈吉、大口屋の旦那の喜左衛門と家族、住み込みの奉公人の毎日を探るんだぜ」

「合点です……」

吉五郎と丈吉は、御蔵前片町の札差『大口屋』を見張り、喜左衛門を始めとした者たちの毎日を調べ始めた。


浅草広小路は、金龍山浅草寺《きんりゅうざんせんそうじ》の参拝客や見物客で賑わっていた。

勘兵衛は、大川に架かる吾妻橋《あづまばし》の西詰、花川戸町《はなかわどまち》の蕎麦屋《そばや》を訪れた。

「いらっしゃいませ」

蕎麦屋の小女は、明るい声で勘兵衛を迎えた。

「邪魔をするよ」

勘兵衛は塗笠を取った。

「旦那……」

おせいが、店の奥から勘兵衛を呼んだ。

「連れだ。酒と肴《さかな》を見繕《みつくろ》って頼むよ」

「はい……」

小女は、笑顔で頷いた。

勘兵衛は、小女に笑い掛けておせいの許に向かった。

「分かったか……」

「それはもう……」

おせいは、御蔵前片町にある知り合いの口入屋に探りを入れ、札差『大口屋』に出入りをしている大工が何処《どこ》の誰かを調べた。

「で……」

勘兵衛は、おせいを促した。

「請負った大工は、神田同朋町《かんだどうぼうまち》の大工大政《おおまさ》でしたよ」

「大工大政か……」

「お待たせしました」

小女が、酒と板山葵《いたわさ》などの肴を持って来た。

「ありがとう……」

おせいは、勘兵衛の前に猪口を置き、徳利を手に取った。

「さあ、どうぞ……」

「うむ……」

おせいは、勘兵衛に酌をした。

勘兵衛は徳利を取り、おせいの猪口に酒を満たした。

「畏れいります」

勘兵衛とおせいは酒を飲んだ。

「大工の大政、ご存知ですか……」

「名前だけだが。政五郎《まさごろう》と云う棟梁《とうりよう》、中々《なかなか》腕の良い大工だと聞いている」

「ええ。古くからの弟子に組を持たせ、請負った普請を仕切らせていますよ」

「ほう。古くからの弟子にな……」

「はい……」

「大口屋の金蔵、その古くからの弟子の仕事かな」

「それが、大口屋の金蔵は棟梁の政五郎自身が普請をしたそうです」

「やはりな……」

札差の仕掛けのある金蔵の普請だ。弟子に任せる筈はない。そして、棟梁の政五郎が金蔵の仕掛けを話す筈もない。

手荒な真似はしたくはないが、仕掛けを知る為には躊躇《ためら》ってはいられないかもしれない。

勘兵衛は眉をひそめた。

「ですが、幾ら棟梁でも仕掛けのある金蔵を一人で造った筈はありません」

おせいは、笑みを浮かべて酒を飲んだ。

云う通りだ……。

勘兵衛は、促すかのようにおせいの空になった猪口に酒を注いだ。

「棟梁の政五郎、良吉《りょうきち》って見習の弟子に手伝わせたそうですよ」

「良吉って見習の弟子か……」

「はい……」

おせいは頷いた。

「で、良吉、今は……」

「見習も終わり、清八《せいはち》って兄弟子が組頭の普請場で下働きをしているそうですよ」

おせいは微笑んだ。

「その普請場、何処だ……」

「向島《むこうじま》は寺嶋村《てらじまむら》だそうです」

「よし。御苦労だったな……」

勘兵衛は、笑みを浮かべて酒を飲んだ。

札差の商いは、客がしょっちゅう訪れるものではない。

吉五郎は、荒物屋《あらものや》の二階の座敷を借りて札差『大口屋』を見張った。

札差『大口屋』は奉公人が出入りし、時々旗本御家人らしき武士が訪れるぐらいだった。

階段をあがってくる足音がし、丈吉が聞き込みから戻って来た。

「御苦労だな……」

「いいえ……」

丈吉は、窓辺に座った。

吉五郎は、丈吉に茶を淹れてやった。

「こいつはどうも……」

丈吉は恐縮した。

「で、何か分かったかい……」

「大口屋の周りを廻って見たんですがね。外から見た限り、金蔵のある内蔵、どの辺りか見当も付きませんね」

「そうか……」

「じゃあ、外から金蔵に押し込む訳にはいかないな」

「ええ。弁天のお頭が店から押し込んだ訳が分かりましたよ」

「うん。それで大口屋の弱味、何かあったか」

「大口屋、旦那の喜左衛門と家族の仲も良く、奉公人たちも番頭の忠兵衛が素《す》性《じょう》を吟味《ぎんみ》して雇っており、妙な奴はいないそうです」

丈吉は眉をひそめた。

今の処、札差『大口屋』には何の弱味もなく、付け入る隙はない。

「金に眼《くら》が眩んで手引きをするような奉公人はいないか……」

「はい。それに旦那の喜左衛門が恨まれている様子もなく、攻め処はありませんね」

丈吉は、微温《ぬる》い茶を飲んで吐息を洩らした。

「護《まも》りは固いか……」

吉五郎は苦笑した。

「ええ。で、大口屋に変わった事は……」

「そいつが、これと云ってないんだな」

真っ当な商いを地道にしていれば、悪党に付け込まれる事は少ない。もし、付け込まれたとしても、世間の同情が集まって決して悪いようにはならない。

商家を護る手立ては、世間の評判を良くするのが一番なのだ。

「親方、こいつは面倒な金蔵破りになりそうですよ」

丈吉は、厳しさを滲ませた。

「ああ。だが、お頭はそんなことは覚悟の上だ……」

吉五郎は笑った。

隅田川には、様々な船が行き交っていた。

向島寺嶋村にある大工『大政』の普請場は、桜餅《さくらもち》で名高い長命寺《ちょうめいじ》の近くだった。

勘兵衛は、木陰から大工『大政』の普請場を眺めた。

普請は日本橋箔屋町《にほんばしはくやちょう》の人形問屋の隠居所であり、中年の組頭の指示で三人の若い大工が働いていた。

中年の組頭が、棟梁政五郎の弟子の清八だった。

勘兵衛は、残る三人の若い大工の中に下働きの良吉を捜した。

下働きは、鑿《のみ》や鉋《かんな》を使わせて貰えず、材木を運んだり、仕度や後片付けなどが主な仕事だ。

大柄な若い男が、清八に命じられて材木を運んでいた。

良吉……。

勘兵衛は、大柄な若い男を良吉と睨んだ。

良吉は、若く大柄なだけあって力自慢らしく、他の大工の倍の材木を担《かつ》いでいた。

勘兵衛は、黙々と働く良吉を見守った。

陽は西に傾き始めた。

良吉の仕事は、日暮れ迄には終わる。

待つ……。

勘兵衛は、長命寺門前の茶店に入って茶を頼み、隅田川を眺めた。

隅田川は滔々《とうとう》と流れていた。

三

隅田川の流れに夕陽が映えた。

普請場には、木切れや塵《ちり》を燃やす煙りが揺れながら立ち昇っていた。

清八は、仕事仕舞いを命じた。

若い二人の大工は、辺りを片付けて大工道具を仕舞い始めた。

良吉は、普請場の掃除をして集めた木屑《きくず》を焚火《たきび》に焼《く》べた。

「良吉、火の始末を頼んだぜ」

「へい……」

「じゃあ、先に帰っているぜ……」

「へい、お疲れさまでした」

良吉は、清八と大八車を引いて帰って行く若い二人の大工を見送り、掃除を続けた。

勘兵衛は、木陰から掃除をする良吉を見守った。

良吉は、掃《は》き集めた木屑を燃やした。

焚火の炎は燃えあがり、煙りは揺れながら立ち昇った。

良吉は、普請場の片付けと掃除を終え、自分の大工道具を仕舞った。そして、焚火を入念に消した。

真面目で一生懸命……。

勘兵衛は、念入りに火を消す良吉の人柄をそう読んだ。

おそらく良吉は、札差『大口屋』の金蔵の仕掛けを固く口止めされている筈だ。

どうやって吐かせるか……。

良吉が、欲や色に転ぶとは思えない。かと云って、脅しを掛ける気にもなれないし、痛め付けて棟梁の政五郎たちに疑念を抱かせるのも拙《まず》い。

さあて、どうする……。

勘兵衛は、手立てを考えた。

夕暮れが向島を覆った。

良吉は、焚火が消えたのと火の粉が飛んでいないのを見定め、道具箱を担いで普請場を離れた。

勘兵衛は追った。

良吉は、長命寺門前の茶店に立ち寄って老亭主に何事かを頼み、隅田川沿いの土手道を吾妻橋に向かった。

どうやら大工『大政』は、茶店の老亭主に夜の普請場の見廻りを頼んでいるようだ。

勘兵衛は睨み、土手道を行く良吉を尾行《つけ》た。

夕暮れの隅田川には船の明かりが映《は》え、吾妻橋は多くの人たちが行き交っていた。

良吉は、吾妻橋を渡って浅草広小路の手前を材木町《ざいもくちょう》の道に曲がった。

勘兵衛は尾行した。

良吉は、材木町の道が蔵前の通りと合流する駒形堂《こまがたどう》の傍に出た。そして、蔵前の通りを横切って下谷に向かった。

良吉は、大工箱を担いで足早に東本願寺《ひがしほんがんじ》の前を抜け、新寺町《しんてらまち》の通りに進んだ。

新寺町の通りの両側には寺が並び、門前町が連なっていた。

良吉は足早に進んだ。

不意に女の悲鳴が響いた。

良吉は、驚いたように立ち止まり、女の悲鳴のした傍らの居酒屋に眼を凝《こ》らした。

厚化粧の酌婦が、居酒屋から血相《けっそう》を変えて駆け出して来た。

「助けて……」

酌婦は、立ち止まっていた良吉に駆け寄って背後に隠れた。

良吉は戸惑った。

二人の浪人が、居酒屋から酌婦を追って現れた。

良吉は立ち竦《すく》んだ。

「退《ど》け、邪魔するな……」

髭面《ひげづら》の浪人は怒鳴り、良吉に斬り付けた。

良吉に逃げる暇はなく、肩口から血を飛ばして仰《の》け反《ぞ》った。

大工箱が地面に落ち、金槌《かなづち》や鑿《のみ》などの道具が飛び散った。

勘兵衛は地を蹴った。

髭面の浪人は、倒れた良吉と酌婦に迫った。

「女、よくも馬鹿にしたな……」

「馬鹿になんか、しちゃあいませんよ」

酌婦は、厚化粧を醜《みにく》く崩して泣き出した。

「黙れ。だったら何故、俺たちの顔を見て笑ったんだ」

髭面の浪人と小柄な浪人は、刀を振り廻して熱《いき》り立った。

良吉は、斬られた肩から血を流しながら金槌や鑿などを懸命に拾おうとした。

「下郎……」

小柄な浪人が、良吉に刀を振り翳《かざ》した。

次ぎの瞬間、勘兵衛が現れて小柄な浪人を蹴り飛ばした。

小柄な浪人は、弾き飛ばされて地面に激しく叩き付けられた。

「何だ、手前……」

髭面の浪人は、勘兵衛に刀を向けた。

勘兵衛は冷たく笑った。

「おのれ……」

髭面の浪人は、勘兵衛に上段から猛然と斬り掛かった。

勘兵衛は踏み込み、抜き打ちの一刀を無造作に放った。

髭面の浪人の刀が、握っている腕と共に夜空高くに飛んだ。

髭面の浪人は悲鳴をあげ、両断された腕の傷口から血を振り撒いて転げ廻った。

小柄な浪人は、恐怖に呆然《ぼうぜん》と立ち竦んだ。

「手当てをすれば、命だけは助かるかもしれぬ。早々に連れて行け」

勘兵衛は、小柄な浪人に命じた。

小柄な浪人は恐ろしげに頷き、泣き叫んでいる髭面の浪人を助け起こして逃げた。

勘兵衛は、厳しい面持ちで見送り、良吉の許に行った。

良吉は、肩から血を滴《したた》らせながら大工道具を拾い集めていた。

「大丈夫か……」

「へ、へい……」

良吉は、哀しげに顔を歪《ゆが》めて意識を失って崩れた。

勘兵衛は、良吉の肩口の傷を見た。

傷は深くない……。

勘兵衛は見定め、小さな安堵《あんど》を覚えた。

良吉は、拾い集めた金槌や鑿を握り締めて意識を失っていた。

「手当てをする。人を呼んで来い」

勘兵衛は、恐怖に激しく震えている酌婦に命じた。

「は、はい……」

酌婦は我に返ったように頷き、慌てて亭主や客が覗いている居酒屋に走った。

勘兵衛は、散らばっている鉋や曲尺《かねじゃく》などの大工道具を拾い集めて道具箱に入れた。そして、良吉が握り締めている金槌や鑿を取ろうとした。

良吉は、金槌と鑿を固く握り締めていた。

勘兵衛は、握り締めている指を一本ずつ離してやった。

居酒屋の亭主と客が、戸板を持って駆け寄って来た。

居酒屋の奥の部屋は、酒と血の臭いに満ちていた。

勘兵衛は、良吉の肩口に血止めをして傷口を焼酎《しょうちゅう》で洗い、応急手当てをした。

店からは騒《ざわ》めきが洩れていた。

駆け付けた医者が、良吉の傷の手当てを手際良くした。

医者は、良吉の傷を勘兵衛同様に浅手《あさで》と見立てて帰って行った。

良吉は意識を失ったままだった。

勘兵衛は、金槌や鑿などの道具に着いた血を拭《ぬぐ》い始めた。

僅かな刻が過ぎた時、良吉は意識を取り戻した。

「気が付いたか……」

勘兵衛は笑った。

「へ、へい……」

良吉は、己の置かれた立場に気付き、慌てて身を起こした。そして、斬られた肩の傷の痛みに顔を歪めた。

「静かに動け……」

「へい……」

良吉は、ゆっくりと居住《いず》まいを正した。

「お侍さま、お助け下さいましてありがとうございました」

良吉は、勘兵衛に深々と頭を下げて礼を述べた。

「何、礼には及ばぬ。医者の見立てでは、傷は浅手で心配はないそうだ」

「そうですか……」

良吉は、安心したように頷いた。

「さあて、家は何処だ。送ってやる」

「へい。ですが、お助け戴いた上に……」

良吉は遠慮した。

「遠慮は無用だ。さあ、行くぞ……」

勘兵衛は、微笑みを浮かべて立ち上がった。


連なる寺の屋根は、月明かりに蒼白く輝いていた。

勘兵衛は、新寺町の通りを下谷に進んだ。

良吉は、斬られなかった肩に道具箱を担いで続いた。

「そうか、お前は大工大政の者か……」

「へい。良吉と申します」

「良吉か……」

「お侍さまは……」

良吉は、遠慮がちな眼を向けた。

「私か、私は勘兵衛だ」

「勘兵衛さま……」

「うむ。それにしても良吉。危うく大工の仕事が出来なくなる処だったな。骨や筋が無傷で何よりだ」

「へい。力だけが取《と》り柄《え》ですから、力仕事が出来なくなると困ります」

良吉は、真剣な面持ちで頷いた。

「ほう。力だけが取り柄か……」

勘兵衛は微笑んだ。

「へい……」

「今迄にどんな力仕事をした……」

「そうですね。材木運びに土台作り。それに、棟梁の手伝いで三寸角の牢屋の格子戸を吊《つ》ったりしました」

「牢屋の格子戸……」

勘兵衛は戸惑った。

「いえ。牢屋の格子戸を金蔵の天井に吊ったんです。私が担いで棟梁が引き上げて……」

良吉は笑った。

「金蔵……」

話は思わぬ処から核心に入った。

「ええ。金蔵の戸口の前に天井から格子戸が降りて来て忍び込んだ奴を閉じ込めるんです」

「ほう。そいつは恐ろしい金蔵だな」

「へい。この前、忍び込んだ盗人が閉じ込められてお縄になったそうですよ」

良吉は、札差『大口屋』の金蔵の事を話しているのだ。

「そうか。それにしても盗人が忍び込んだのが、良く分かったな」

勘兵衛は眉をひそめた。

「そいつは床に、ある重さが掛かると格子戸が降りる仕掛けだからです」

「成る程、そう云う仕掛けか……」

勘兵衛は、札差『大口屋』の金蔵の仕掛けが漸《ようや》く分かった。

何かが滑り落ちて、家を揺るがす程の大きな音がした……。

勘兵衛は、それが天井に仕掛けられた格子戸が降りて、戸口を塞《ふさ》いだ音だと知った。

「その金蔵の仕掛け、他にも何かあるのかな」

勘兵衛は念を押した。

「いいえ。それだけです」

「ま、それだけで充分って処か……」

勘兵衛は苦笑した。

仕掛けは分かった……。

勘兵衛は、良吉と共に新寺町の通りから下谷広小路に抜け、明神下《みょうじんした》の通りに出た。

大工『大政』は、明神下の通りの神田同朋町にある。

幾つかの提灯《ちょうちん》の明かりが揺れていた。

「良吉、どうやら大政の連中のようだ」

勘兵衛は、大工『大政』の者たちが帰りの遅い良吉を心配しているのだと読んだ。

「どうする。傷の訳、私が話すか……」

「へい。御面倒でなければお願いします」

良吉は頭を下げた。

「うむ……」

勘兵衛は、良吉と共に大工『大政』に急いだ。


札差『大口屋』は、相変わらず静かな商いを続けていた。

吉五郎と丈吉は、向かい側の荒物屋の二階から札差『大口屋』を見張った。

「親方……」

丈吉は、窓の外を見張りながら吉五郎を呼んだ。

「どうした……」

吉五郎は、窓辺にいる丈吉の傍に寄った。

「眠り猫のお頭です……」

丈吉は、札差『大口屋』を示した。

塗笠を被った勘兵衛が、札差『大口屋』を窺っていた。


「へい……」

「ちょいと行ってくるぜ」

「はい……」

吉五郎は、丈吉を残して荒物屋の二階から降りていった。


大川の流れは陽差しに煌めいていた。

勘兵衛と吉五郎は、浅草御蔵の北にある御厩河岸《おうまやがし》に来た。

御厩河岸には渡し場があった。

渡し船は客を乗せて大川を横切り、木所石原《いしはら》との間を行き交っていた。

勘兵衛は、御厩河岸の外れに佇み、大川の煌めきを進む渡し船を眩しげに眺めた。

「そうか、大口屋に付け入る隙はないか……」

勘兵衛は苦笑した。

「ええ。旦那の喜左衛門や番頭の忠兵衛の評判も良く、商いは誰が見ても真っ当だそうですよ」

「ほう。そいつは立派なものだ……」

勘兵衛は誉《ほ》めた。

「それで、大口屋の金蔵の仕掛け、分かったんですかい……」

「どうにかな……」

「そりゃあ何よりです」

「うむ、運が良かった……」

勘兵衛は笑った。

「運が良かった……」

吉五郎は戸惑った。

「ああ……」

勘兵衛は、大工『大政』の良吉と近付きになった騒ぎ教えた。

「良吉、そいつは災難でしたね」

吉五郎は、良吉に同情した。

「それで、良吉と近付きになってな……」

勘兵衛は、良吉から聞いた札差『大口屋』の金蔵の仕掛けを話し始めた。

御厩河岸の渡し船は、本所石原との間を長閑に行き交っていた。

「成る程、三寸角の格子戸が家鳴《いえな》りの正体でしたか……」

「どうやら、そのようだ……」

勘兵衛は頷いた。

「で、いつやりますか……」

「弁天の五郎蔵が押し込みに失敗して未だ日が浅い。もう暫く様子を見てからだ」

勘兵衛は慎重だった。

「分かりました。念の為、丈吉に見張りを続けさせておきましょう」

「うむ……」

「それにしても、良吉に怪しまれる事もなく聞き出せて良かったですね」

吉五郎は、勘兵衛の腹の内を見透《みす》かした。

「ま、善人を装った処で、所詮は悪党。赤子の手を捻るようなものだ……」

勘兵衛は苦笑した。


数日が過ぎた。

北町奉行は、捕らえた盗賊・弁天の五郎蔵と二人の手下に獄門《ごくもん》の裁きを下した。

〝獄門〟と云う刑罰は、斬首されてから首を獄門台に三日二夜の間、晒《さら》される刑である。

五郎蔵と二人の手下は、小伝馬町《こでんまちょう》の牢屋敷の土壇場《どたんば》で首を斬られ、小塚原《こづかっぱら》の刑場の獄門台に晒された。

勘兵衛は、吉五郎と共に小塚原の刑場を訪れた。そして、野次馬たちに混じり、晒されている五郎蔵と二人の手下の首を密かに拝んだ。

野次馬たちは眉をひそめて囁き合い、失笑を洩らしていた。

五郎蔵と二人の手下の首は、正視に堪えない程に醜く惨めなものだった。

「気の毒に……」

吉五郎は眉をひそめた。

「吉五郎、所詮は盗賊、五郎蔵も己の末路は惨めで哀れな事もあると覚悟していた筈だ」

勘兵衛は、冷たく突き放した。

札差『大口屋』の押し込みの一件は、盗賊・弁天の五郎蔵たちの獄門の仕置と共に人々の噂に余り上らなくなった。

もう少しだ……。

勘兵衛は、世間の人々が盗賊・弁天の五郎蔵一味による札差『大口屋』の押し込みを忘れるのを待った。

世間が忘れれば忘れる程、札差『大口屋』の喜左衛門や忠兵衛たち奉公人の緊張と警戒も薄れる。

勘兵衛は、その時が来るのを焦らずに待った。


再び数日が過ぎた。

船頭の丈吉は、札差『大口屋』を見張り続けていた。

札差『大口屋』には、弁天の五郎蔵の押し込み直後の緊張感も失せていた。

何となく緩《ゆる》んだ……。

丈吉は、札差『大口屋』の手代や小僧たち奉公人に気の緩みを感じた。

「御苦労だな……」

勘兵衛が訪れた。

「こいつはお頭……」

「様子はどうだ」

「はい。奉公人たち、緩んできていますよ」

丈吉は、微かな侮りを過《よ》ぎらせた。

「喉元《のどもと》過ぎれば熱さを忘れるか……」

勘兵衛は苦笑した。

「きっとそんな処《ところ》ですぜ」

「じゃあ潮時《しおどき》かな……」

勘兵衛は、丈吉に笑い掛けた。

「はい。あっしはそろそろかと……」

丈吉は身を乗り出した。

「そろそろか……」

勘兵衛は眉をひそめた。

「はい……」

丈吉は頷いた。

押し込みの潮時が来た……。

丈吉は、押し込みの潮時だと睨んでいた。

「よし。丈吉、今日から五日の間の夜、大口屋にいつもとは変わった事があるのかどうか、探ってみてくれ」

「変わった事ですか……」

「ああ。喜左衛門が出掛けたり、客が遊びに来るとかだ……」

「分かりました」

「よし。此の五日の間に大口屋の自慢の金蔵、見事に破ってやる……」

勘兵衛は、笑みを浮かべて不敵に云い放った。

四

明日の夜、札差『大口屋』の主・喜左衛門は、不忍池の畔の料理屋で同業者の寄合いがある。

二日後の夜、喜左衛門は取引相手である大身旗本家に招かれている。

三日後の夜、喜左衛門は出掛けない。

四日後も同じだ。

五日後は札差『大口屋』の先代の法事であり、大勢の親類縁者が訪れる。

四日後、喜左衛門が出掛けないのは、翌日の法事の仕度に忙しいからなのだ。

丈吉は、札差『大口屋』に出入りしている棒手振《ぼてふ》りの魚屋や八百屋《やおや》を始めとした商人から聞き出した。

「夜、喜左衛門が出掛けるのは、明日と明後日か……」

勘兵衛は眉をひそめた。

「はい。その後の日の夜は出掛けませんが、五日後の法事の日は、泊まり込む親類の者もいるそうですよ」

丈吉は告げた。

「となれば、三日後か四日後の夜か……」

「喜左衛門がいる夜ですか……」

丈吉は、勘兵衛に怪訝《けげん》な眼差《まなざ》しを向けた。

「うむ……」

「ですが、お頭……」

「丈吉、大口屋の金蔵を破る理由は、金よりも意地だ……」

「意地……」

「ああ。盗人の馬鹿な意地だ……」

勘兵衛は苦笑した。

三日後の夜……。

勘兵衛は、札差『大口屋』の四日後の夜は法事の仕度に忙しく、遅く迄起きている者もいると睨んだ。

札差『大口屋』に押し込み、金蔵を破るのは三日後の夜しかない。

勘兵衛は決め、浅草駒形堂裏にある小料理屋『桜《さくら》や』を訪れた。

小料理屋『桜や』は、吉五郎が娘のおみなと亭主で板前の清助《せいすけ》に営ませている店だ。

勘兵衛は、小料理屋『桜や』の奥の座敷で吉五郎に押し込む日を告げた。

「そうですか、三日後の夜、やりますか……」

吉五郎は、勘兵衛に酌をした。

「うむ……」

「お父っつあん……」

おみなが、襖《ふすま》の向こうから吉五郎を呼んだ。

「なんだい、おみな……」

「はい。恵比寿屋の女将さんがお見えですよ」

「ああ。通してくれ」

「はい……」

「お邪魔しますよ」

おせいが入って来た。

「おう……」

吉五郎は、おせいに猪口を渡して酒を注いでやった。

「畏れいります。戴きます」

おせいは酒を飲んだ。

「決まりましたか……」

おせいは、勘兵衛に微笑み掛けた。

「三日後にやる……」

勘兵衛は告げた。

「三日後……」

「ああ。三日後の丑の刻八つに押し込む……」

「丑の刻八つって、確か弁天のお頭が押し込んだ……」

おせいは、緊張を滲ませた。

「うむ……」

勘兵衛は笑みを浮かべた。

「で、手筈は……」

「忍び口は五郎蔵と同じ店の潜り戸。見張りは丈吉、押し込むのは私一人……」

勘兵衛は、弁天の五郎蔵の押し込みをなぞるつもりだった。

「私たちは……」

「私が押し込む迄の大口屋に変わった事がないか、見張って貰う」

「一人で大丈夫ですか……」

おせいは眉をひそめた。

「おせい、内蔵の仕掛けは、重さで動き出すそうだ」

勘兵衛は、おせいに笑い掛けた。

「重さで……」

おせいは戸惑った。

「うむ。一人の目方では動かぬ仕掛けが、二人の目方なら動き出すのかもな」

「そんな……」

おせいは、ぞっとした面持ちになった。

「さあて、大口屋喜左衛門自慢の金蔵、じっくりと見物してくるぜ」

勘兵衛に恐れや昂ぶりは窺えなかった。

押し込みの日が訪れた。
今の処、札差『大口屋』に変わりはない。
吉五郎とおせいは、札差『大口屋』を見張り続けた。
日が暮れ、札差『大口屋』は大戸を降ろして店仕舞いをした。
吉五郎とおせいは、札差『大口屋』に変わった様子はないと見定めた。

夜廻りの木戸番の打つ拍子木《ひょうしぎ》の音が、御蔵前片町の夜空に甲高《かんだか》く響き渡った。
丈吉の操《あやつ》る屋根船が、大川から浅草御蔵脇の新堀川に音もなく入って来た。
新堀川は、蔵前の通りにある鳥越橋の下を流れて三味線堀に続いている。
丈吉は屋根船を巧みに操り、鳥越橋の下の船着場に船縁《ふなべり》を寄せた。
丈吉は、鳥越橋の袂に上がって暗がりに潜み、札差『大口屋』を見据えた。
札差『大口屋』は夜の闇に沈んでいる。
時は流れ、夜は更けて行く。
寺の鐘が、丑の刻八つを打ち鳴らした。
丈吉は、札差『大口屋』の者たちが眠りに就《つ》き、辺りに不審な事がないのを見定め、屋根船に戻った。

屋根船は、船着場で小さく揺れていた。

丈吉は、屋根船に乗って障子《しょうじ》の桟《さん》を叩いた。

錏頭巾《しころずきん》を被った勘兵衛が、忍び装束《しょうぞく》に身を固めて障子の内から現れた。

丈吉は小さく頷いた。

勘兵衛は、屋根船を降りて鳥越橋の袂に上がった。

丈吉は続いた。

辺りに不審な気配はない。

勘兵衛は見定め、札差『大口屋』に音もなく走り、大戸の潜り戸に身を寄せた。そして、鎖子抜《かけがねぬき》を使って潜り戸の掛金を外しに掛かった。

僅かな刻が過ぎ、潜り戸の掛金は外れた。

勘兵衛は、潜り戸を僅かに開けて暗い店の中の様子を窺った。

人の気配はない。

勘兵衛は見定め、潜り戸を開けて暗い店の中に忍び込んだ。

丈吉が続き、潜り戸を静かに閉めた。

勘兵衛と丈吉は、店の暗がりに潜んで闇を見廻した。

闇の奥に帳場と内廊下が見えた。
内蔵に続く内廊下……。
勘兵衛は、続いて店の奥の母屋《おもや》の様子を窺った。
母屋に人の声は無論、動き廻っている気配もなかった。
札差『大口屋』は寝静まっている。
勘兵衛は見定めた。
お頭……。
丈吉も同様に見定め、勘兵衛に目顔で呼び掛けた。
勘兵衛は頷き、帳場に上がって奥の内廊下に進んだ。
丈吉は、勘兵衛を見送った。
勘兵衛は、内廊下に入って行った。
丈吉は、緊張した面持ちで母屋を警戒した。
内廊下は暗かった。
勘兵衛は、闇を透かし見た。
突き当たりに、がっしりとした引き戸があった。

内蔵だ……。

勘兵衛は、がっしりとした引き戸に忍び寄った。

引き戸には、錠が組み込まれているらしく鍵穴があった。

勘兵衛は、探鉄《さぐりがね》と錠前はずしを引き戸の鍵穴に入れ、微かに動かした。

僅かな刻が過ぎた。

引き戸の錠は解けた。

勘兵衛は、錠の解けた引き戸を開けた。

引き戸の中は内蔵であり、天井の下にある風抜きの穴から月明かりが仄《ほの》かに滲んでいた。

勘兵衛は、仄かな月明かりを頼りに内蔵の中を見廻し、奥に鉄縁の扉があるのに気付いた。

金蔵……。

鉄縁の扉は、札差『大口屋』喜左衛門の自慢の金蔵の物なのだ。

勘兵衛は、内蔵の床を見詰めた。

内蔵の床は板張りであり、僅かに黒光りしていた。

迂闊《うかつ》に踏み込めない。

板張りの床に或る重さが掛かると仕掛けが動き、三寸角の格子戸が降りて唯一の出入口は塞がれる。

勘兵衛は、戸口の上を見上げた。

天井は暗く、隠されている三寸角の格子戸を見定める事は出来なかった。だが、戸口の両側には溝が切られているのが分かった。

三寸角の格子戸は、両側の溝を伝って天井から戸口の前に降りてくるのだ。

勘兵衛は睨んだ。

床の仕掛けは何処にあり、どのぐらいの重さが掛かると動き出すのか……。

それが分かるのは、三寸角の格子戸が天井から降りてくる時だ。

勘兵衛は苦笑した。

只《ただ》一つ分かっている事は、主の喜左衛門と番頭の忠兵衛たちが毎日出入りをし、重い小判の出し入れをしている事実だ。

その度に三寸角の格子戸が降りれば、仕事にならない。

勘兵衛は、戸口を入った処の床と金蔵の前の床を見比べた。そして、戸口を入った処の床を指先で擦った。

指先に埃《ほこり》が僅かに附着した。

戸口を入った処の床は、余り踏み込まれていない……。

勘兵衛は、戸口を入った処の床にある重さが加わると、三寸角の格子戸が降りる仕掛けが動き出すと睨んだ。

床板の仕掛けはそこだけなのか……。

勘兵衛は、忍び込むのを微かに躊躇《ため》った。だが、躊躇いは直ぐに消えた。

忍び込む……。

勘兵衛は、戸口を入った処の床を嫌い、慎重に内蔵に忍び込んだ。

床は沈まず、軋みもしなかった。

勘兵衛は、仕掛けの反応を窺った。

仕掛けは動かなかった。

睨み通りだ……。

勘兵衛は内蔵を破り、薄笑いを浮かべた。

残るは金蔵……。

勘兵衛は、金蔵の鉄縁の扉の前に進んだ。

鉄縁の扉にも小さな鍵穴があった。

この錠を外せば、『大口屋』喜左衛門の自慢の金蔵は破る事が出来る。

勘兵衛は、探鉄と錠前はずしを使って鉄縁の扉の錠を外しに掛かった。

母屋に人の動く気配はなかった。
丈吉は、緊張を漲《みなぎ》らせて気配を探り続けた。
今の処、内廊下の奥の内蔵に異変は起きてはいない。
喉は渇き、額に汗が滲んだ。
丈吉は、勘兵衛が無事に戻って来るのを待つしかなかった。

金蔵の鉄縁の扉の錠は、微かな音を短く鳴らした。
開いた……。
勘兵衛は、鉄縁の扉をゆっくりと開けた。
石組の壁に板を張った金蔵には、金箱が幾つも積まれていた。
辿り着いた……。
勘兵衛は、札差『大口屋』喜左衛門が誇る金蔵に入り込んだ。
金蔵は名高い札差のものだけあり、金箱の他にも金や銀の置物などがあった。
金蔵破りは、金を奪って逃げ切らない限り、首尾良く終わった事にはならない。
小判の入った金箱の重さは十貫以上だ。担いで走るなど無理な話だ。
盗む金は、己の動きが縛られない程度に限るのが極意だ。
それに、札差『大口屋』の金蔵を破るのは、金だけが目当てではない。
勘兵衛は、四個の切《き》り餅《もち》、百両を革袋に入れて腰に結び付けて千社札《せんじゃふだ》を残した。
千社札には、眠り猫の絵が描かれていた。
引きあげる……。
勘兵衛は、金蔵を出て内蔵の戸口に向かった。
未だ油断は出来ない……。
勘兵衛は、内蔵の戸口に慎重に身を寄せた。
仕掛けは動かなかった。
勘兵衛は、微かな安堵を覚えた。
最後の一仕事だ……。
勘兵衛は、仕掛けのある戸口の前の床を強く蹴って内廊下に転がり出た。
刹那《せつな》、戸口の前の床が僅かに沈み、三寸角の格子戸が音を鳴らして天井から滑り落ちて来た。
勘兵衛は、内廊下を店に走った。
激しい音が鳴り響き、札差『大口屋』は揺れた。
三寸角の格子戸が滑り降り、内蔵の戸口を塞いだのだ。
丈吉は、思わず暗がりを出た。
勘兵衛が、内廊下から駆け出して来て、そのまま大戸の潜り戸に向かった。
丈吉は、戸惑いながらも続いた。
勘兵衛は、大戸の潜り戸を出た。
続いて出た丈吉が、潜り戸を閉めた。
母屋で人の声があがり、店に駆け付けて来る物音がし始めた。
勘兵衛は、鳥越橋の下の船着場に駆け下り、屋根船の障子の内に入った。
丈吉は、素早く舫綱《もやいづな》を解いて屋根船を船着場から離した。
夜空に呼子笛《よぶこぶえ》の音が鳴り響いた。
「お頭……」

丈吉は、障子の内の勘兵衛に行き先の指示を仰いだ。

「桜やだ……」

「承知……」

小料理屋『桜や』は、駒形堂の裏にある。

丈吉は、屋根船を大川に進めた。

呼子笛の音は、夜空に鳴り響き続けた。


狙い通りだ……。

勘兵衛は、敢《あ》えて仕掛けを踏んで三寸角の格子戸を落した。

喜左衛門は、愚かな盗賊が押し込んで金蔵の仕掛けに引っ掛かったと笑い、役人に報せる。そして、役人が駆け付け、三寸角の格子戸を上げて内蔵に閉じ込めた盗賊を捕らえようとする筈だ。しかし、内蔵には閉じ込めた筈の盗賊はおらず、百両の金が奪われているのに気付き、自慢の金蔵は破られたと思い知るのだ。

勘兵衛は、冷たく笑った。

愚かな盗賊がまた仕掛けに落ちた……。

喜左衛門は嘲笑を浮かべ、駆け付けて来た北町奉行所の同心たちと三寸角の格子戸を引き上げて内蔵に踏み込んだ。だが、内蔵と金蔵には、盗賊はおろか誰もいなかった。

喜左衛門と同心たちは戸惑った。

同心たちは、金蔵の中を隈無《くまな》く調べた。

金蔵の中には、眠り猫の絵の描かれた千社札が残されていた。

眠り猫……。

喜左衛門は眉をひそめた。

同心たちは、盗賊・眠り猫が金蔵を破ったのを知った。

金蔵は破られた。

喜左衛門は、呆然として言葉を失った。

駒形堂裏の小料理屋『桜や』には、吉五郎とおせいが待っていた。

勘兵衛は、吉五郎、おせい、丈吉に切り餅を一つずつ渡した。

盗賊・眠り猫一味の押し込みは終わった。

勘兵衛、吉五郎、おせい、丈吉は、酒を飲み始めた。

「喜左衛門、自慢の金蔵を破られ、蒼くなっているでしょうね」

おせいは声を弾ませた。

「まあ、これで盗人を馬鹿にして嘗《な》めた事は云わなくなるだろうさ」

吉五郎は、厳しさを過《よ》ぎらせた。

「それにしても、もの凄い音がして店が揺れた時は肝《きも》を冷やしましたよ」

丈吉は眉をひそめた。

「金蔵を破った事を報せるには、仕掛けを使うのが一番だ」

勘兵衛は苦笑した。

「そうでもしなきゃあ、喜左衛門は自慢の金蔵が破られた事を内緒にするかもしれませんからね」

吉五郎は、勘兵衛の腹の内を読んだ。

「うむ。これで妙な自慢はしなくなり、少しは大人しくなるだろう」

勘兵衛は頷いた。

「北町奉行所の役人たちが駆け付けての捕物騒ぎ、明日は大口屋の金蔵が破られたと大騒ぎですよ」

おせいは、楽しげに笑った。

勘兵衛は、緊張から解き放たれた余韻を静かに楽しんだ。

札差『大口屋』の自慢の金蔵が、盗賊・眠り猫に見事に破られた。

噂は、江戸の町に広まった。

盗賊・眠り猫は、押し込んだ証《あかし》になる程度の金を奪い、眠り猫の千社札を残していった。

そこには、金蔵自慢を慎まなければ、身代《しんだい》はおろか命も奪うとの脅《おど》しが秘められている。

喜左衛門は、盗賊・眠り猫の思惑《おもわく》に気付き、恐怖に震えずにはいられなかった。

根岸の里、時雨の岡は陽差しに溢れ、石神井川用水の流れは煌めいていた。

黒猫庵の広い縁側の日溜りには、勘兵衛が柱に寄り掛かって転た寝をしていた。

老黒猫が現れ、勘兵衛の胡座の中に納まった。

「おう、来たか……」

老黒猫は野太い声で鳴いた。

勘兵衛は、黒猫の喉《のど》を撫《な》でながら転た寝を続けた。

第二話　札付き

一

夏の陽差しは、不忍池の水面を眩《まぶ》しく輝かせていた。

「じゃあ、ちょいと行ってきますよ」

「はい。お気を付けて……」

口入屋『恵比寿屋《えびすや》』の女主のおせいは、番頭の由蔵《よしぞう》に見送られて上野新黒門町《うえのしんくろもんちょう》にある打物屋《うちものや》『堺屋《さかいや》』に向かった。

口入屋『恵比寿屋』は上野元黒門町にあり、打物屋『堺屋』のある上野新黒門町とは下谷広小路を間にして遠くはなかった。

『堺屋』は、包丁を扱う打物屋だ。

包丁には、料理に使う刺身包丁、菜切《なきり》包丁、出刃《でば》包丁などがあるが、他にも煙草《たばこ》を刻む煙草包丁、紙を裁断する紙裁《かみたち》包丁、畳屋《たたみや》の使う畳包丁と色々な種類がある。

打物屋『堺屋』は、そうした色々な包丁を扱う店で繁盛《はんじょう》していた。

その打物屋『堺屋』の大旦那の彦兵衛《ひこべえ》が長患《ながわずら》いの末に亡くなった。

打物屋『堺屋』は、口入屋『恵比寿屋』を通じて人を雇っており、おせいは亡くなった大旦那の彦兵衛やお内儀のおかよと親しかった。

おせいは、下谷広小路の賑わいの中を打物屋『堺屋』に急いだ。

打物屋『堺屋』には、坊主の読む経《きよう》が朗々と響き、弔《とむら》い客が出入りしていた。

おせいは、喪主《もしゅ》の座にいる若旦那の彦造《ひこぞう》と出戻り娘のおくみに挨拶をし、彦兵衛の遺体に焼香《しょうこう》をした。そして、彦造とおくみに悔やみを述べ、控えの間に行った。

控えの間では、弔い客たちが茶や酒を飲みながら彦兵衛を偲《しの》んでいた。

おせいは、弔い客たちの相手をしている顔見知りの女中に声を掛けた。

「あっ。恵比寿屋の女将《おかみ》さん……」

女中は、おせいの傍にやって来た。

「とんだことになったねえ……」

「はい……」

「お内儀のおかよさん、何処《どこ》にいらっしゃるんだい……」

「それが台所に……」

女中は、困惑を滲《にじ》ませた。

「台所……」

おせいは眉をひそめた。

打物屋『堺屋』のお内儀・おかよは、台所で女中たちと弔い客に出す茶や酒の仕度をしていた。

「お内儀さん……」

おせいは、戸惑いを滲ませた。

「あら、おせいさん……」

おかよは、傍《かたわ》らにいた女中に後を頼んでおせいの許にやって来た。

「こちらに……」

おかよは、おせいを奥の座敷に誘った。

「この度は何て云《い》っていいのか……」

おせいは、おかよに悔やみを述べた。

「ありがとうございます。ですが、長の患い、覚悟は出来ていましたので……」

おかよは、気丈《きじょう》に微笑《ほほえ》んでみせた。

「いろいろ大変だったわねえ……」

大旦那の彦兵衛は、胃《い》の腑《ふ》の病で二年間寝込んだ末に亡くなったのだ。

「いいえ……」

「それにしてもおかよさん、どうして台所なんかに……」

「それは、若旦那の彦造さんとお嬢さまのおくみさんがおいでになるから……」

おかよは、微かな困惑を過《よ》ぎらせた。

「でも、おかよさんは亡くなった大旦那のお内儀さんなんですよ」

「後添《のちぞ》いのね……」

おかよは、淋しげな笑みを浮かべた。

若旦那の彦造と出戻りのおくみは、亡くなった大旦那の彦兵衛の先妻の子供であり、おかよは『堺屋』の女中あがりの後妻だった。

「後添いでも、大旦那にどうしてもと望まれてなったんだし、彦市《ひこいち》ちゃんって子供もいるんですから、遠慮はいりませんよ」

おせいは励ました。

「でも、おせいさん、彦市は今日も……」

おかよは、言葉を濁《にご》して俯《うつむ》いた。

彦兵衛とおかよの間に生まれた彦市は、十七歳になっていたが、店の仕事の手伝いもせずに遊び歩いていると云う噂だった。そして、今日の父親の弔いにもいなかった。

「おかよさん……」

おせいは、微かな苛立《いらだ》ちを滲ませた。

「帰れ。彦市……」

彦造の怒声があがった。

「御免なさい、おせいさん……」

おかよは顔色を変え、慌てて奥の座敷を出て行った。

おせいは続いた。

弔いの場は静寂に包まれていた。

彦兵衛の遺体の前では、若旦那の彦造と若い男が睨《にら》み合っていた。

若い男は、おかよの子の彦市だった。

弔い客たちは、眉をひそめて見守っていた。

「彦市、今迄《いままで》、散々お父っつあんに迷惑を掛けてきて、何が焼香だ。帰れ。お前になんかに焼香させてたまるか……」

彦造は、彦市を激しく罵《ののし》った。

彦市は血相を変え、怒りに握り締めている拳を震わせた。

「彦市……」

おかよは駆け寄った。

「若旦那さま、お腹立ちではございましょうが、彦市も大旦那さまの子供、どうか焼香だけでもさせてやって下さい」

おかよは、彦造に土下座して頼んだ。

「おっ母あ、もういい。止めてくれ……」

彦市は、声を震わせて身を翻《ひるがえ》した。

「彦市……」

おかよは、慌てて彦市を追った。

彦造は、腹立たしげに見送った。

弔い客たちは、義理の仲とは云えお内儀のおかよに土下座させた彦造に眉をひそめて囁《ささや》き合った。

彦造は戸惑った。

「若旦那さま、奥で一休みを……」

番頭の善助《ぜんすけ》は、弔い客たちの雰囲気を察して彦造を奥の座敷に引っ込めた。

「ささ、御住職さま、御経をお願いします」

善助は、坊主に経を読むように促《うなが》した。

「う、うむ……」

坊主は、咳払いをして経を読み始めた。

「皆さま、お騒がせ致しました。どうぞ、亡くなった大旦那さまを偲んでやって下さいませ……」

番頭の善助は、懸命にその場を取《と》り繕《つくろ》った。

おせいは、打物屋『堺屋』の内情とおかよの苦しみを知った。

根岸《ねぎし》の里、黒猫庵《くろねこあん》の広い縁側は今日も陽差しに溢《あふ》れていた。

勘兵衛《かんべえ》と老黒猫は、日溜りを楽しんでいた。

老黒猫が不意に野太い声で鳴き、垣根《かきね》の向こうを一瞥《いちべつ》して立ち去った。

誰か来る……。

勘兵衛は、老黒猫の動きを読んで垣根の外を眺めた。

垣根の外には石神井川《しゃくじいがわ》用水があり、流れに沿った小道がある。

やって来るおせいが、垣根越しに見えた。

「やはりな……」

老黒猫は、やはりおせいが嫌いなようだ。

勘兵衛は苦笑した。

「旦那……」

おせいは、垣根の木戸の外から勘兵衛に声を掛けた。

「おう……」

「お邪魔しますよ」

おせいは、木戸を開けて庭に入って来た。

「ま、上がるが良い……」

勘兵衛は居間の囲炉裏端《いろりばた》に行き、茶を淹《い》れ始めた。

「あら、旦那、お茶なら私が淹れますよ」

おせいは縁側から居間に入り、勘兵衛の手から急須《きゅうす》を取った。

「そうか、じゃあ頼む……」

勘兵衛は、急須をおせいに渡して囲炉裏に粗朶《そだ》を焼《く》べた。

火は燃え上がり、囲炉裏に掛けられた鉄瓶の底を包んだ。

おせいは、鉄瓶の湯を使って茶を淹れ始めた。その顔には、微かな屈託《くったく》が窺われた。

「どうした……」

「えっ……」

「何か気になる事でもあるのか……」

「どうぞ……」

おせいは、湯気の昇る茶を勘兵衛に差し出した。

「うむ……」

勘兵衛とおせいは、湯気の昇る茶を飲んだ。

「旦那、上野新黒門町にある堺屋さんって打物屋をご存知ですか……」

「打物屋の堺屋……」

勘兵衛は知らなかった。

「ええ……」

「その打物屋の堺屋がどうかしたのか……」

「大旦那が長患いの末に亡くなりましてね」

「そいつは気の毒に……」

「それで昨日、お弔いでして、私も焼香に行ったのですがね……」

おせいは、微かな吐息を洩らした。

「弔いで何かあったのか……」

「はい……」

おせいは、打物屋『堺屋』の弔いで起きた騒ぎを話した。

「それはそれは……」

勘兵衛は眉をひそめた。

「私、お内儀のおかよさんが気の毒で……」

「おせい、おかよとは親しいのか……」

「娘の頃、同じお店《たな》に奉公していた仲でしてね。いろいろお世話になったんですよ」

おせいとおかよは、娘の頃の奉公仲間だった。

「ほう。そんなに昔からの仲か……」

「ええ。それから私が奉公先と取引きのあったお店の若旦那に見初《みそ》められて嫁に行き、おかよさんとの付き合いは途絶えたのです。そして、その後、いろいろありましてね。私は恵比寿屋の後添いになって元黒門町で暮らすようになり、新黒門町の堺屋でおかよさんとばったり逢ったんですよ」

おせいは、己の昔の欠片《かけら》を僅かに窺わせた。

「おかよ、その頃は……」

「もう、堺屋の大旦那に望まれて後添いになっていましてね。彦市ちゃんも生まれていて、七歳ぐらいでしたか……」

「それから十年か……」

「はい。その間に恵比寿屋の旦那、私の亭主も亡くなって。いろいろありましたよ」

おせいは言葉を濁した。

「それで昨夜、彦市は堺屋を飛び出していったまま戻らなかったのだな……」

「ええ。おかよさん、しょんぼりと戻って来て……」

おせいは、おかよに同情した。

「彦市、店の仕事を手伝わず、普段は何をしているのだ」

「それなんですよ旦那。今日、聞いて貰いたい事は……」

「何だ……」

「彦市ちゃん、札付《ふだつ》きになっているそうなんです」

おせいは眉をひそめた。

「札付き……」

勘兵衛は戸惑った。

「はい。若旦那の彦造さんが、名主《なぬし》さんに届け出て……」

「札付きにされたか……」

「ええ……」

〝札付き〟とは、親が素行《そこう》の悪い子を勘当《かんどう》する者の候補として名主に届け、人別《にんべつ》帳《ちょう》に札を付けておく事を云った。そして、親は〝札付き〟にした者が悪事を働いた時、即座に勘当して縁を切る。勘当された者は、人別帳から外されて良民としての分限《ぶげん》を失い、原籍《げんせき》のない無宿者《むしゅくもの》とされる。

「彦市の行状、勘当される程、悪いのか……」

「ええ、未だ十七歳だってのに、悪い仲間と連《つる》んで喧嘩《けんか》や博奕《ばくち》に明け暮れている
そうでしてね。若旦那が、万一お上の厄介になるような事になったら堺屋に累《るい》が
及ぶと恐れ、札付きにしたとか……」
「若旦那の彦造の気持ち、分からぬ訳でもないが……」
勘兵衛は、小さな笑みを浮かべた。
「ですが旦那。若旦那の彦造さんと出戻り娘のおくみさん、お内儀のおかよさん
を女中あがりの後添いと昔から嫌っていましてね。その子の彦市ちゃんを随分と
苛《いじ》めてきたそうでしてね……」
「そいつが、彦市を悪い道に向かわせたのかもしれないか……」
勘兵衛は、おせいの云いたい事を読んだ。
「きっと。ですから彦市ちゃん、腹違いの兄と姉に札付きにされたようなもんな
んです」
おせいは、腹立たしげに茶を飲んだ。
「おせい。若旦那と出戻り、腹違いの弟を勘当して、父親の残した身代《しんだい》を一銭も
渡さぬつもりなのかもしれぬな」
勘兵衛は睨んだ。

「旦那もそう思いますか……」

「ああ。その為には、彦市に悪事を働くように仕向ける……」

「はい。そして、昨日の弔いでの騒ぎです。私、彦市ちゃんが何かしでかすんじゃあないかと心配で……」

おせいは、不安を滲ませた。

「若旦那の彦造と出戻りのおくみ、その時に彦市を勘当し、お内儀のおかよも堺屋から追い出す気なのかもしれぬな」

「はい。女中あがりの後添いと云っても、堺屋のお内儀には間違いなく、何かと邪魔なだけです。そこで、彦市ちゃんを勘当し、おかよさんに僅かな手切れ金を渡して縁を切ろうって魂胆《こんたん》なんですよ」

「おそらくな……」

勘兵衛は、おせいの睨みに頷《うなず》いた。

「彦造とおかよ、酷《ひど》い奴らなんですよ」

おせいは、怒りを露わにして吐き棄てた。

「で、おせいはどうしたいのだ」

「これ以上、おかよさんを哀しませない為にも、彦市ちゃんに馬鹿な真似をさせたくないんです」

おせいは、勘兵衛に縋《すが》る眼差しを向けた。

「はい。おかよを哀しませたくないか……」

「はい。おかよさん、若い頃から嫌《いや》って程に苦労してきたんです。もう充分なんです、苦労なんて……」

おせいは涙を滲ませた。

「おせい、彦市が何処にいるのか、分かっているのか……」

「おかよさんの話じゃあ、彦市ちゃん、子供の頃から徳松《とくまつ》って子と仲が良かったそうでしてね。その徳松って子に訊けば分かるかもしれないと……」

「徳松、何処にいるのだ」

「忍川《しのぶがわ》沿いの下谷町一丁目にある甚兵衛《じんべえ》長屋だと聞いたので、来る時に寄ってみたんですが、年老いたおっ母さんがいるだけでしてね。徳松はとっくに家を出たままで、花川戸町の博奕打ちの貸元《かしもと》の処《ところ》にいるんじゃあないかと云うんですよ」

「彦市を捜す手掛かり、それだけか……」

勘兵衛は、冷えた茶を飲み干した。

「はい……」

おせいは、勘兵衛が動いてくれると睨んで声を弾ませた。

「よし。じゃあ、花川戸の博奕打ちの貸元の処から始めるか……」

勘兵衛は苦笑した。


石神井川用水の流れは煌《きら》めいていた。

勘兵衛は、石神井川用水沿いの道を下谷三ノ輪町《みのわまち》に向かった。

下谷三ノ輪町から山谷堀《さんやぼり》沿いの日本堤《にほんづつみ》を隅田川に進むと浅草新鳥越町《しんとりごえちょう》に出る。

そこから浅草広小路に行く途中に浅草花川戸町はあった。

田畑の緑は眩しく揺れていた。

勘兵衛は日本堤を進み、新吉原の前を通り抜けて浅草新鳥越町に向かった。


勘兵衛は、浅草花川戸町の木戸番を訪れた。

木戸番は、勘兵衛に渡された小粒《こつぶ》を握り締め、町内に住んでいる博奕打ちの貸元の名と家の場所を告げた。

「花川戸の定五郎《さだごろう》か……」

「へい。花川戸に住んでいる博奕打ちの貸元は定五郎ぐらいですよ」

「そこに徳松って三下《さんした》がいる筈なのだが、知っているかな……」

「徳松ですか……」

「うむ……」

「徳松なら使いっ走りをしていますぜ」

木戸番は、徳松を知っていた。

「じゃあ、彦市ってのはどうだ……」

「彦市……」

「ああ……」

「徳松と連《つる》んでいた餓鬼《がき》かな……」

木戸番は首を捻《ひね》った。

「きっとそうだ」

「でしたらいましたが、近頃は見掛けませんねえ……」

木戸番は眉をひそめた。

「そうか……」

彦市は、もう徳松と一緒にいないのかもしれない。

とにかく徳松に逢ってみるしかない……。

「よし。邪魔をしたな」

勘兵衛は、博奕打ちの貸元・定五郎の家に向かった。

博奕打ちの貸元・定五郎の家は、木戸番から遠くはなかった。

「邪魔をする……」

勘兵衛は、定五郎の家の土間に入った。

誰もいない土間の鴨居《かもい》には、丸に定の一文字の書かれた提灯《ちょうちん》が並べられていた。

「おいでなさい……」

若い三下が、奥から土間の框《かまち》に出て来た。

「やあ……」

「何か……」

若い三下は、勘兵衛に警戒の眼差しを向けた。

「徳松に逢いたいのだが……」

勘兵衛は告げた。

「えっ……」

若い三下は、戸惑いを過《よ》ぎらせた。

徳松だ……。

勘兵衛は、若い三下を徳松だと睨んだ。

「お侍さん……」

「彦市、何処にいる」

「彦市……」

「うむ。ちょいと用があってな。此処《ここ》にいるのか……」

「いいえ……」

「じゃあ何処にいるのだ……」

「お侍さん、彦市に何の用ですかい……」

徳松は、探りを入れてきた。

「徳松、私は彦市の母親に頼まれて捜しているのだ。手間を掛けさせるな……」

勘兵衛は、徳松に親しげに笑い掛けた。

「彦市のおっ母さんに……」

「うむ。母親のおかよ、心配していてな……」

「お侍さん、ちょいとこっちに……」

徳松は家の奥を窺い、勘兵衛を外に誘った。

徳松は、勘兵衛を定五郎の家の横手の路地に招いた。

「彦市は何処にいるのだ」

「お侍さん、彦市は此処にはいません……」

「いない……」

「へい。ですが昨日の夜、あっしに逢いに賭場《とば》に来ましてね」

「昨日の夜……」

彦市は、打物屋『堺屋』を飛び出して徳松のいる賭場に行っていた。

「へい。そして……」

徳松は、躊躇《ためら》いを滲ませた。

「そして、彦市はどうしたのだ」

勘兵衛は促した。

「へ、へい。彦市、親父さんの弔いで彦造の奴に馬鹿にされたと悔し泣きをして、堺屋に押し込んで金を奪ってやると……」

徳松は、眉をひそめて囁いた。

「押し込むだと……」

勘兵衛は驚いた。

「へい。堺屋に押し込み、有り金を奪って潰してやるんだと、だから一緒にやろうと……」

彦市は、実家である打物屋『堺屋』に押し込み、金を奪い取って潰そうと企《くわだ》てた。

「あっしは断りました。そうしたら、佐吉《さきち》の兄貴に相談すると云って帰りました」

「佐吉……」

「賭場に出入りしている盗人《ぬすっと》です……」

「盗人か……」

「へい……」

「その佐吉、何処に住んでいる」

「本所だと聞いていますが、詳しくは……」

徳松は首を捻った。

彦市は、実家である打物屋『堺屋』に押し込み、潰そうと企てているのだ。

勘兵衛は、腹違いの兄である彦造に対する彦市の怒りと深い恨みを知った。

二

浅草花川戸町と駒形堂《こまがたどう》は近い。

勘兵衛は、夕暮れの浅草広小路を横切って駒形堂裏の小料理屋『桜《さくら》や』に向かった。

小料理屋『桜や』は、板前の清助《せいすけ》と女将のおみな夫婦が開店の仕度に忙しかった。

勘兵衛は、小料理屋『桜や』の隣りの仕舞屋《しもたや》を訪れた。

仕舞屋には船頭の丈吉《じょうきち》が、留守番を兼ねて独りで暮らしていた。

「こりゃあお頭《かしら》、今日は何か……」

丈吉は、勘兵衛の不意の訪れに戸惑った。

「うむ。ちょいと頼みがあってな。吉五郎《きちごろう》を呼んで来てくれ」

「はい……」

丈吉は、仕舞屋の裏口から小料理屋『桜や』の裏口に走った。

「本所に住んでいる佐吉ですか……」

吉五郎は眉をひそめた。

「うむ。知っているか……」

勘兵衛は、吉五郎の返事を待った。

「名前は聞いた事があります」

「どんな盗人だ……」

「一人働きの盗人で、噂では押し込み先の女を犯し、男を殺すとか……」

「外道《げどう》か……」

「その佐吉が何か……」

勘兵衛は眉をひそめた。

吉五郎は、勘兵衛を窺った。

「うむ。実はな……」

勘兵衛は、おせいから聞いた上野新黒門町の打物屋『堺屋』と彦市の一件を吉五郎と丈吉に教えた。

「それで彦市、堺屋の押し込みを佐吉に相談しに行ったんですか……」

吉五郎は、吐息を洩らした。

「彦市、そんな野郎と実家に押し込んだら札付き処《どころ》か、外道働きの盗人になりますぜ」

丈吉は呆れた。

「丈吉の云う通りだ。それで何とか彦市に思い止まらせたいのだが、何処にいるのか分からぬ限り、どうにも出来ぬ……」

「それで、先《ま》ずは佐吉ですか……」

吉五郎は、勘兵衛の出方を読んだ。

「うむ。私と丈吉は、本所の地廻《じまわ》りや博奕打ちに当たってみる。吉五郎は、裏渡世に触《ふ》れを廻して捜してみてくれ」

勘兵衛は命じた。

夏の夕暮れは長く、夜の闇が漸《よう》く辺りを覆った。

本所は深川と続き、大川の流れの東側の地に広がっている。

勘兵衛は、丈吉と共に吾妻橋《あづまばし》を渡って本所中ノ郷《なかごう》に出た。

中ノ郷には瓦師《かわらし》が多く住み、窯場《かまば》の煙りが立ち昇っていた。

勘兵衛と丈吉は、中ノ郷竹町《たけちょう》の盛り場にある一膳飯屋に入った。そして、酒を飲みながら一膳飯屋の亭主に辺りを仕切っている地廻りが誰か尋ねた。

「へい。この辺りは、番場《ばんば》一家が仕切っていますよ」

「番場一家……」

「へい。南本所番場町に一家を構えている地廻りですよ」

南本所番場町は、中ノ郷の南隣りにある町だ。

勘兵衛と丈吉は、一膳飯屋の亭主に詳しい道筋を訊いて番場一家に向かった。

吉五郎は、表向きは小料理屋『桜や』の隠居だが、裏では故買屋《こばいや》をやっていて盗人に顔が広かった。

故買屋は窩主買《けいずかい》とも称し、盗んだ品物と知って売買する者だ。

吉五郎は、知り合いの盗人に触れを廻し、本所の佐吉の居場所を探った。

地廻りの番場一家の者たちは、盗人の佐吉を知らなかった。

勘兵衛は、番場一家の者に本所竪川界隈《かいわい》の地廻りを訊いた。

本所竪川界隈の地廻りは、松坂町《まつざかちょう》にある回向院《えこういん》一家だった。

勘兵衛と丈吉は、本所松坂町に向かった。

本所松坂町の回向院一家の老元締《もとじめ》の宗助《そうすけ》は、錏《しころ》と名乗った勘兵衛を居間に通した。

勘兵衛は、丈吉を伴って長火鉢《ながひばち》の前にいる宗助の前に座った。

「で、御用とは……」

宗助は、勘兵衛たちの素性《すじょう》を訊きもせずに白髪眉《しらがまゆ》をひそめた。

「うむ。佐吉と申す盗人を捜している」

勘兵衛は、小細工をせずに尋ねた。

「佐吉ですかい……」

宗助は、皺《しわ》の中の眼を光らせた。

「知っているか……」

「盗人かどうかは知らないが、得体《えたい》のしれねえ野郎はいますぜ」

「得体のしれない野郎か……」

「ええ。妙に金廻りの良い遊び人だよ」

「遊び人……」

「ま、当人がそう云っているだけで、素性や正体は良く分からねえ……」

「そうか。で、その遊び人の佐吉、住まいは何処かな……」

「弥勒寺《みろくじ》の横手にある古寺の住職が酒浸りの生臭《なまぐさ》でね。佐吉の家《やさ》は、その家作《かさく》だと聞いているぜ……」

「そうか。いや、造作を掛けた」

勘兵衛は、宗助に頭を下げて礼を述べた。

「鋻の旦那、名前は……」

宗助は、皺の中の眼で勘兵衛を見据えた。

「勘兵衛、鋻勘兵衛だ……」

「やっぱりね。鋻の旦那、何れ《いず》酒でもゆっくりと……」

宗助は、勘兵衛が何者か気付いていたらしく、笑みを浮かべた。

「望む処《ところ》だ。ではな……」

勘兵衛は微笑み、丈吉と共に回向院一家を後にした。

「お頭……」

丈吉は、勘兵衛の睨みを窺った。

「弥勒寺の横手の寺だ……」

勘兵衛は、竪川沿いの道を二つ目之橋に向かった。

「信用出来ますかね……」

「そいつは行ってみれば分かるさ」

「それはそうですが。もし、捜している佐吉だったらどうします」

「外道の佐吉だったら、二度と押し込みの出来ないようにする迄だ」

勘兵衛は、冷たい笑みを浮かべた。

冷たい笑みの裏には、外道働きの盗人を半殺しの目に遭《あ》わせるか、斬り棄てると云う恐ろしさが秘められている。

丈吉は、思わず身を竦《すく》めた。

勘兵衛は、竪川に架かる二つ目之橋を渡って真っ直ぐ進んだ。

萬徳山《まんとくざん》弥勒寺の前には五間堀《ごけんぼり》が流れ、弥勒寺橋が架かっている。そして、その向こうに小さな古寺があった。

勘兵衛と丈吉は、弥勒寺橋を渡って小さな古寺の境内《けいだい》に入った。

狭い境内には雑草が生い茂り、本堂の裏には古い家作があった。

「此処《こ こ》だな……」

「はい……」

勘兵衛と丈吉は、古い家作の様子を窺った。

古い家作は雨戸が閉められており、人のいる気配は窺えなかった。

「どうします」

「いるかいないか確かめる……」

勘兵衛は、古い家作の板戸を叩いた。だが、返事はなかった。

勘兵衛は、板戸を引いた。

板戸は開いた。

勘兵衛は、家の中を透かし見た。

古い家作の中は暗く、湿った暑さに満ち溢れていた。

勘兵衛は土間に入り、狭く暑苦しい家の中にあがった。

囲炉裏のある板の間と八畳の座敷の狭い家の中には、人の潜んでいる気配や不審な処はない。

勘兵衛は見定めた。

もし、この家作の借り主が盗人の佐吉に間違いないなら彦市が来ていた筈だ。

「出掛けているようですね」

丈吉は眉をひそめた。

「うむ。この暑苦しさからすると、雨戸は朝から閉めたままのようだな」

勘兵衛は睨んだ。

「張り込みますか……」

「その前に生臭坊主に逢ってみよう……」

勘兵衛は苦笑した。

庫裏《くり》は酒臭かった。

勘兵衛と丈吉は、眉をひそめて庫裏を見廻した。

赤ら顔の初老の住職が、囲炉裏端で一升徳利《いっしょうどっくり》を抱えて酔い潰れていた。

「丈吉……」

勘兵衛は、塗笠《ぬりがさ》を目深《まぶか》に被り直した。

「はい……」

丈吉は、手拭《てぬぐい》を出して口元を隠した。

「水を浴びせろ……」

「はい……」

丈吉は、庫裏の隅の水桶《みずおけ》から手桶に水を汲《く》み、酔い潰れている住職に水を浴びせた。

住職は驚き、眼を覚ました。

勘兵衛は、住職の濡れた頰《ほお》をいきなり平手打ちにした。

住職は眼を丸くした。

「眼が覚めたか……」

勘兵衛は、嘲笑を浴びせた。

「お、お前さんは……」

勘兵衛は、住職の言葉を遮《さえぎ》るように再び平手打ちを浴びせた。

丈吉は、倒れた住職を背後から乱暴に押え付けた。

住職は、漸く恐怖を覚えたのか激しく震え出した。

生臭坊主のような手合いは、手荒に扱うのが一番だ。

「家作にいるのは佐吉だな」

勘兵衛は尋ねた。

「は、はい……」

「佐吉が盗人と知っているな……」

「し、知らぬ……」

住職は、声を震わせながら白《しら》を切った。

勘兵衛は、住職が抱えていた一升徳利を土間に叩き付けた。

一升徳利は音を立てて割れ、酒は辺りに飛び散った。

「あっ……」

住職は焦った。

「白を切ると酒だけでは済まぬ。次ぎはお前の血が飛び散る……」

勘兵衛は、冷たく言い聞かせた。

「盗人だ。佐吉は盗人だ……」

住職は、恐怖に喉《のど》を引《ひ》き攣《つ》らせた。

古寺の家作に住む佐吉は、やはり捜していた盗人の佐吉だった。

「留守だが、何処に行ったか分かるか……」

「知らぬ。本当だ。信用してくれ……」

住職は、嗄《しやが》れた声で必死に訴えた。

嘘は感じられない……。

勘兵衛は苦笑した。

「ならば昨日、佐吉の処に若い男が来ていた筈だが、知っているか……」

「ああ。彦市とか云う若い者が来ていた」

住職は観念した。

彦市は、徳松の云うように盗人の佐吉を訪れていた。

「よし。この事は他言無用。もし、洩らしたら命はないと覚悟するのだな」

勘兵衛は告げた。

「わ、分かった……」

住職は頷いた。

次ぎの瞬間、勘兵衛は住職を当て落した。

住職は気を失った。

勘兵衛は、古寺の庫裏を出た。

丈吉が続いた。

湯島天神《ゆしまてんじん》の境内は、夏の暑さにもめげず参拝客で賑わっていた。

吉五郎は、茶店の縁台《えんだい》に腰掛けて冷たい茶を飲んでいた。

派手な半纏《はんてん》を着た遊び人が、足早にやって来て茶店娘に冷たい茶を頼んだ。

「お待たせしました。吉五郎の親方……」

遊び人は、吉五郎に近寄って頭を下げた。

「暫《しばら》くだな、源八《げんぱち》。ま、腰掛けな……」

「はい。御免なすって……」

源八と呼ばれた遊び人は、吉五郎の隣りに腰掛けた。

「お待たせしました」

茶店娘が、源八に冷たい茶を持って来た。

「おう。ありがとうよ」

源八は、冷たい茶を一飲みして吉五郎に向き直った。

「佐吉をお探しだとか……」

源八は盗人だった。

「家《やさ》が何処か知っているかい……」

「本所深川の辺りだと聞いていますが、詳しくは知りません。ですが昨夜、馴染《なじみ》の居酒屋で酒を飲んでいたらやって来ましてね」

「昨夜、佐吉が来た……」

「はい……」

「何しに来たんだい」

「そいつなんですがね。一緒にお勤めをしねえかと誘いに来たんですよ」

「何だと……」

吉五郎は眉をひそめた。

「押し込み先の大店の中や金の在処《ありか》を良く知っている奴が一緒だから、楽な仕事だと云いましてね……」

「押し込み先を良く知っている奴か……」

佐吉は、彦市の持ち込んだ打物屋『堺屋』の押し込みを引き受け、人数を集めている。

吉五郎は、微《かす》かな緊張を覚えた。

「で、どうした……」

「佐吉の野郎、外道働きですからね。ちょいと考えさせてくれと云っておきましたよ」

源八は、薄笑いを浮かべた。

「返事はどうするんだ」

「今夜、又あっしの馴染の居酒屋に来ると云っていましたよ」

「源八、その馴染の居酒屋は何処だ……」

吉五郎は、佐吉に繋がる手立てを漸く摑《つか》んだ。

下谷広小路は賑わっていた。

おせいは、行き交う人々の背後から上野新黒門町にある打物屋『堺屋』を見張った。

打物屋『堺屋』は大戸を降ろして喪《も》に服していた。

おせいは、『堺屋』の周囲に彦市と盗人の佐吉らしき男を捜した。だが、彦市と佐吉らしい男はなかった。

彦市が『堺屋』に押し込もうとしている……。

おせいは、勘兵衛からの報《しら》せを貰って愕然《がくぜん》とした。

実家に押し込めば、たとえそれが失敗しても、彦市は札付きから勘当になり、無宿者の盗賊になるのだ。

彦市が無宿者の盗賊になれば、母親のおかよは自害をするのに決まっている。

おせいは恐れた。

一刻も早く彦市を見付け出し、『堺屋』の押し込みを思い止まらせなければならない。

そうしなければ、奉公に出ていた娘の頃に庇《かば》って貰ったり、最初の亭主との仲を取り持ってくれた恩もあれば義理もあるおかよを死なせる事になってしまう。

もし、そんな事になれば、おかよの生涯は辛く哀しいものだけになってしまうのだ。

おかよを死なせたくない……。

おせいは、打物屋『堺屋』の周囲を見張り続けた。

下谷広小路は、行き交う人が途絶える事もなく賑わい続けた。


「そうですか、佐吉の家《やさ》、突き止めましたか……」

吉五郎は笑った。

「ああ。弥勒寺の横手にある古寺の家作だ」

「で、佐吉は……」

「留守だったが、昨日、彦市が来たのは間違いない」

「佐吉の野郎、彦市の堺屋押し込みの誘いに乗りましたよ」

「何か分かったのか……」

「ええ。佐吉、堺屋押し込みの人数を集めていますよ」

「押し込みの人数を……」

勘兵衛は眉をひそめた。

「ええ。あっしの知り合いに源八って盗人がおりましてね……」

吉五郎は、源八から聞いた話を伝えた。

「そいつは面白いな……」

勘兵衛は、その眼を輝かせた。

「ええ。佐吉の野郎、源八の馴染の居酒屋に現れた処を押えますか……」

「彦市、一緒かな……」

「さあ、昨夜は一人で来たそうですが、今夜はどうですかね……」

「よし。先ずはそいつを見定めてからだ」

勘兵衛は、不敵な笑みを浮かべた。

三

夕暮れ時が近付き、湯島天神門前町の盛り場は早々に賑《にぎ》わい始めていた。

吉五郎は、源八と共に一膳飯屋の小座敷に陣取り、窓から外を見張った。

窓の外には、源八の馴染の居酒屋『ひさご』の表が見えた。

居酒屋『ひさご』は、未だ暖簾を出してはいなかった。

「いいか、源八。佐吉の野郎が来たら教えてくれ」

吉五郎は、源八の猪口に酒を満たした。

「へい。畏《おそ》れいります」

源八は、慌てて徳利を取って吉五郎に酌《しゃく》をした。

「ですが親方、佐吉の野郎が来るのは、きっと夜が更《ふ》けてからですぜ」

源八は眉をひそめた。

「ああ。だが、気が変わって早く来るかもしれない」

吉五郎は、笑みを浮かべて酒を飲んだ。

「念には念を入れますか……」

源八は苦笑した。

「そいつが俺の遣り方でね……」

吉五郎は、手酌で酒を飲みながら窓の外を窺った。

塗笠を目深に被った勘兵衛が、居酒屋『ひさご』を眺めながら現れ、一膳飯屋を一瞥して通り過ぎて行った。

吉五郎は酒を飲んだ。

居酒屋『ひさご』は暖簾を出し、店を開いた。


夜は更けた。

湯島天神門前町の盛り場は、酔客の笑い声と酌婦の嬌声《きようせい》が響いていた。

居酒屋『ひさご』は客で賑わっていた。

吉五郎は、一膳飯屋の老亭主に金を握らせて源八と見張り続けた。

派手な半纏を着た遊び人が、賑わいを足早にやって来た。

「親方……」

源八は、やって来る派手な半纏を着た遊び人を示した。

「野郎が佐吉か……」

吉五郎は、佐吉を見定めた。

「へい……」

佐吉は、居酒屋『ひさご』の前で背後を僅かに一瞥した。

吉五郎は、微かな戸惑いを感じた。

佐吉は、居酒屋『ひさご』の暖簾を潜った。

「じゃあ親方、あっしは佐吉に断りを入れてきます」

「ああ。そいつが良い。いろいろ造作を掛けたな。礼を云うよ」

「いえ、じゃあ御免なすって……」

源八は、一膳飯屋を出て居酒屋『ひさご』に入って行った。

吉五郎は見届けた。

「父っつあん、長々と邪魔をしたね」

吉五郎は、老亭主に礼を云って一膳飯屋を後にした。


盛り場は賑わっていた。

吉五郎は、佐吉がやって来た方を窺った。

二人の浪人が、路地の陰に佇《たたず》んでいた。

佐吉は、二人の浪人を一瞥して居酒屋『ひさご』に入ったのだ。

佐吉の仲間……。

吉五郎は睨み、二人の浪人のいる路地の前を通って後を取った。

勘兵衛が現れた。

「お頭……」

「源八の前にひさごに入った派手な半纏の男が佐吉か……」

「ええ……」

「で、どうした……」

「あの路地にいる二人の浪人。どうやら佐吉の連れのようです」

「佐吉の連れ……」

勘兵衛は眉をひそめた。

「ええ。何を企んでいるのか……」

吉五郎は、薄笑いを浮かべた。

「源八、佐吉の誘いを断るのだったな」

「はい……」

「その辺に拘《かか》わりがありそうだな……」

勘兵衛は、厳しさを過《よ》ぎらせた。

「まさか……」

吉五郎は、勘兵衛の睨みに気付いて眉をひそめた。

その時、居酒屋『ひさご』から佐吉が出て来た。

勘兵衛と吉五郎は、物陰に隠れた。

佐吉は、路地にいる二人の浪人に頷いて通り過ぎた。

二人の浪人は、居酒屋『ひさご』に入って行った。

「お頭……」

吉五郎は、微かな焦りを浮かべた。

「よし。吉五郎は佐吉を尾行《つけ》てくれ。私は二人の浪人の動きを見張る」

「お願いします。じゃあ……」

吉五郎は、佐吉を追った。

勘兵衛は吉五郎を見送り、居酒屋『ひさご』の見張りを続けた。

湯島天神門前町の盛り場を出ると、町は夜の静けさに覆われていた。

佐吉は、明神下の通りに向かった。

吉五郎は、慎重に尾行た。

明神下の通りに出た佐吉は、足早に神田川に向かった。

佐吉の行き先は何処か……。

そこに彦市はいるのか……。

吉五郎は、佐吉を追った。
湯島天神門前町の盛り場の賑わいは続いていた。
居酒屋『ひさご』から源八が出て来た。
勘兵衛は、源八を追って二人の浪人が出て来るのを待った。
二人の浪人が、居酒屋『ひさご』から出て来て源八を追った。
案《あん》の定《じょう》だ……。
勘兵衛は、己の睨み通りなのを見定めた。
源八は、湯島天神裏門坂道を抜けて不忍池に向かった。
二人の浪人は尾行た。
佐吉は、押し込みの誘いを断った源八を二人の浪人に始末させようとしている。
勘兵衛は睨み、源八と二人の浪人を追った。
不忍池は月明かりに蒼白く輝き、畔《ほとり》には料理屋の明かりが点在していた。

源八は、畔の小道を進んだ。
勘兵衛は、小道の傍らに続く雑木林に入り、源八と二人の浪人の横手を進んだ。
月が雲間に隠れ、不忍池の輝きは失せた。
動く……。
勘兵衛は緊張した。
二人の浪人は、源八に向かって地を蹴った。
源八は、背後に迫る足音に気付いて振り返った。
二人の浪人の刀が唸《うな》りをあげた。
源八は、咄嗟《とっさ》に身を投げ出して二人の浪人の刀を躱《かわ》した。
二人の浪人は、猛然と源八に迫った。
殺される……。
源八は、立ち上がる暇もなく眼を固く瞑《つむ》るしかなかった。
刹那《せつな》、勘兵衛が二人の浪人の前に現れ、源八を庇《かば》って立った。
「邪魔するな」
「退け」

二人の浪人は驚きながらも怒鳴り、勘兵衛に斬り掛かった。

勘兵衛は僅かに身を沈め、抜き打ちの一刀を放った。

二人の浪人の一人が脇腹を斬られ、血を振り撒いて倒れた。

見事な抜き打ちの一刀だった。

残る浪人は怯《ひる》んだ。

「盗人の佐吉に頼まれたか……」

勘兵衛は、嘲笑を浮かべた。

「おのれ……」

残る浪人は、交錯する怒りと怯《おび》えに包まれた。そして、己を奮い立たせるように猛然と勘兵衛に斬り付けた。

勘兵衛は斬り結んだ。

火花が飛び散り、焦げ臭さが漂った。

残る浪人は鍔迫《つばぜ》り合《あ》いに持ち込み、力任せに勘兵衛を押し斬りにしようとした。

手間を掛けてはいられない……。

勘兵衛は、残る浪人の脇差《わきざし》を素早く抜き取って突き刺した。

「お、おのれ……」

残る浪人は、己の脇差で腹を突き刺されたのに愕然とし、眼を瞠《みは》った。

勘兵衛は、冷笑を浮かべて突き放した。

残る浪人は、呆然とした面持《おもも》ちで仰向《あおむ》けに倒れて絶命した。

事は終わった。

勘兵衛は、刀に拭いを掛けて鞘《さや》に納め、源八を振り返った。

「怪我はないか……」

「へ、へい。お陰さまで助かりました」

源八は安堵した面持ちになり、勘兵衛に深々と頭を下げた。

「なあに、礼なら吉五郎に云うんだな」

勘兵衛は笑った。

「じゃあ、吉五郎の親方が……」

源八は戸惑った。

「ああ。相手は外道の佐吉。何を企んでいるか分からぬ。それで吉五郎が、お前を護るようにな……」

「そうでしたか……」

源八は安堵した。

「とにかく、暫く姿を隠した方がいいだろう」

「はい……」

「では、気を付けて行け」

「はい。忝《かたじけ》のうございました。じゃあ、吉五郎の親方に宜しくお伝え下さい。御免なすって……」

源八は、不忍池の畔の闇に駆け去った。

勘兵衛は、源八を追う者がいないのを見定めて踵《きびす》を返した。

月が雲間から現れ、不忍池は再び蒼白く輝いた。

神田川には櫓《ろ》の軋《きし》みが響き、船の明かりが揺れていた。

佐吉は、神田川沿いの道を大川に向かっていた。

大川に架かる両国橋を渡り、弥勒寺横手の古寺の家作に帰るのかもしれない。

吉五郎は、慎重に尾行た。

佐吉は、神田川に架かる新《あたら》シ橋《ばし》の北詰、久右衛門町《きゅうえもんちょう》蔵地にある小料理屋に入った。

吉五郎は見届け、小料理屋の看板を見上げた。
屋号は若柳《わかやなぎ》……。
吉五郎は、小料理屋『若柳』の店内の様子を窺った。
小料理屋『若柳』からは、三味線《しやみせん》の爪弾《つまび》きが流れていた。
店内には、佐吉や客がいる様子は窺えない。
吉五郎は見定めた。
佐吉は、どうやら店の奥に入って行ったようだ。
只《ただ》の客ではない……。
佐吉と小料理屋『若柳』は、客と馴染の店と云う拘《かか》わりだけではないのだ。
吉五郎は読んだ。
小料理屋『若柳』の主は何者なのだ……。
吉五郎は、小料理屋『若柳』の主に興味を抱かずにはいられなかった。
三味線の爪弾きは流れ続けた。

神田川の流れは煌めき、様々な荷船が行き交った。
佐吉は、神田川に架かる新シ橋の北詰にある小料理屋『若柳』に入った。

勘兵衛は、吉五郎の報せを受けて新シ橋にやって来た。

「お頭……」

吉五郎が、新シ橋の南詰で勘兵衛を迎えた。

「若柳か……」

勘兵衛は、神田川越しに小料理屋『若柳』を眺めた。

「ええ……」

新シ橋の袂《たもと》から見える小料理屋『若柳』は、何処と云って変わっている様子は窺えなかった。

「で、佐吉はどうした……」

「あっしの知っている限りじゃあ、昨夜、入ったままです」

吉五郎は告げた。

「若柳、どう云う店だ……」

勘兵衛は尋ねた。

「おみねって女が一人でやっている店でしてね。僅かな馴染がいるだけで、余り繁盛していないそうです」

「ほう。それで良く店を続けているな……」

勘兵衛は、戸惑いを滲ませた。

「おみねには旦那がいるそうですよ」

「旦那、何処かの大店の主か……」

「いえ。そいつが浪人だそうですよ」

吉五郎は、厳しさを過ぎらせた。

「浪人……」

勘兵衛は眉をひそめた。

「ええ。三十歳過ぎの浪人だそうでして、今、丈吉が名前と素性《すじょう》を追っていま
す」

「じゃあ、佐吉は昨夜、その浪人を訪ねて来たのだな」

「ええ……」

吉五郎は頷いた。

「おそらく、昨夜、源八を殺そうとした浪人どもの仲間だろう」

勘兵衛は読んだ。

「佐吉の奴、若柳の浪人と一緒に堺屋に押し込むつもりかも……」

「きっとな……」

勘兵衛は頷いた。

「お頭……」

吉五郎が、小料理屋『若柳』を示した。

小料理屋『若柳』の裏手の路地から若い男が出て来て辺りを窺った。

「ひょっとしたら彦市じゃありませんか……」

吉五郎は、若い男を見詰めた。

「うむ……」

若い男は、神田川沿いの道を筋違御門《すじかいごもん》に向かった。

「此処を頼む……」

「承知……」

勘兵衛は、吉五郎を新シ橋に残して彦市と思われる若い男を追った。

彦市と思われる若い男は、神田川沿いの道を進んで御徒町《おかちまち》の通りに入った。

勘兵衛は尾行た。

若い男は、御徒町の組屋敷街を慣れた足取りで西に進んだ。

下谷広小路に行く……。

勘兵衛は、若い男の行き先を読んだ。

若い男は振り返ったり、周囲を警戒する事もなかった。

勘兵衛は苦笑した。


下谷広小路は賑わっていた。

若い男は、組屋敷街を足早に抜けて下谷広小路に出た。そして、雑踏の中を上野新黒門町に進んだ。

勘兵衛は追った。

若い男は物陰に佇み、喪に服して大戸を閉めている打物屋『堺屋』を見詰めた。

やはり、若い男は彦市なのだ。

勘兵衛は見定めた。

彦市は、打物屋『堺屋』を見詰め続けた。

見詰める眼には、怒りと憎しみが込められている。

勘兵衛は、彦市を見守った。

打物屋『堺屋』の潜り戸が開いた。

彦市は、素早く物陰に隠れた。

番頭の善助が、おせいと共に出て来た。

おせい……。

勘兵衛は、おせいがおかよを見舞いに来たのだと睨んだ。

おせいは、番頭に挨拶をして元黒門町に向かった。

番頭の善助は、おせいを見送って店に戻って潜り戸を閉めた。

彦市は、物陰を出ておせいを追った。

勘兵衛は続いた。


おせいは、下谷広小路の雑踏を口入屋『恵比寿屋』のある元黒門町に進んだ。

後ろから来た若い男が、不意におせいの前に立ち止まった。

「彦市ちゃん……」

おせいは驚いた。

彦市は、おせいを元黒門町の裏通りに連れ込んだ。

「おばさん、おっ母あ、どうしている」

彦市は、心配そうに尋ねた。

「おかよさんなら達者にしているけど、あんたの事、そりゃあ心配しているよ」

「そうか、おっ母あ、達者にしているか……」

彦市は、微かな安堵を過ぎらせた。

「彦市ちゃん、おっ母さんが心配なら真っ当に暮らすんだよ」

「おばさん、俺は札付きの陸《ろく》でなしだ。もう手遅れだよ」

彦市は、己を嘲笑《あざわら》った。

「なに云ってんの、札なんか真面目にやっていれば取れるんだよ」

「おばさん、俺を札付きにしたのは彦造だぜ。あいつが札を取ると思うかい
……」

彦市は、憎しみを露わにした。

「それは……」

おせいは、言葉に詰まった。

腹違いの兄の彦造が、彦市の札を取るとは思えなかった。

「おばさん、これからもおっ母あと仲良くしてやってくれ」

彦市は、おせいに頭を下げて頼んだ。

「そんな事、云われる迄もないよ。でも、彦市ちゃん、おっ母さんは私と仲良く

するより、あんたと二人で静かに暮らす方が幸せなんだよ。貧乏でも良いから真面目に働くあんたと母子二人、仲良く暮らすのだけが望みなんだよ。それが分からないのかい……」

おせいは、懸命に言い聞かせた。

「おばさん、俺だってそうしたい。でも、でも……」

彦市は、涙ぐんで言葉に詰まった。

「彦市ちゃん……」

おせいは、彦市の哀しみを知った。

「もう、手遅れなんだよ」

「でも……」

「おばさん、おっ母あを頼む……」

彦市は、未練を断ち切るように告げて身を翻《ひるがえ》した。

刹那、勘兵衛が現れ、彦市の脾腹《ひばら》に拳を打ち込んだ。

彦市は、驚いたように眼を瞠って気を失い、その場に崩れ落ちそうになった。

勘兵衛は抱き留めた。

「お頭……」

おせいは戸惑った。

「恵比寿屋に連れて行こう」

「は、はい……」

おせいは、口入屋『恵比寿屋』に急いだ。

勘兵衛は、気を失った彦市を背負って続いた。

四

勘兵衛は、彦市に猿轡《さるぐつわ》を嚙ませて縛り上げ、口入屋『恵比寿屋』の奥の納戸《なんど》に閉じ込めた。

「お頭……」

おせいは眉をひそめた。

「おせい、堺屋押し込みの企ては、既に彦市の手を離れ、外道の佐吉が仕切っている。彦市に馬鹿な真似をさせたくなければ、先ず《ま》は佐吉と切り離すしかあるまい」

勘兵衛は、厳しさを滲ませた。

「はい……」

彦市は勿論、おかよの為にもそうするのが一番なのだ。

おせいは頷いた。

「おせい、大八車《だいはちぐるま》を持っている人足を呼んでくれ」

「人足ですか……」

「うむ。彦市を駒形の家に連れて行く」

「分かりました。すぐに手配りします」

口入屋が、人足を手配するのに造作はない。

おせいは、足早に店に立ち去った。

彦市を押えれば、心置きなく外道の佐吉たちと遣り合える。

勘兵衛は、楽しそうな笑みを浮かべた。


小料理屋『若柳』では、女将のおみねが開店の仕度をしていた。

吉五郎は、新シ橋の袂から見張り続けた。

佐吉と女将のおみねの男の浪人は、小料理屋『若柳』から出て来る事はなかった。

吉五郎は、粘り強く見張った。

勘兵衛が戻って来ない処をみると、『若柳』から出て行った若い男は彦市だったのだ。

吉五郎は睨んだ。

丈吉が、聞き込みから戻って来た。

「丈吉……」

吉五郎は迎えた。

「親方、お頭は……」

「見えたが、若いのが出て行ってな。彦市かもしれないと追って行ったよ」

「そうですか……」

「若柳の浪人、何か分かったか……」

吉五郎は、小料理屋『若柳』を眺めた。

「はい。歳の頃は三十過ぎ、名前は三枝精一郎《さえぐさせいいちろう》。直心影流《じきしんかげりゅう》って剣術のかなりの遣い手だそうでして……」

丈吉は、厳しい面持ちで報せた。

「直心影流の遣い手……」

吉五郎は眉をひそめた。

「はい。それで、普段は賭場の用心棒なんかをして金を稼いでいるそうです」

「佐吉の奴とは賭場で知り合ったか……」

「きっと……」

「果たして用心棒だけかどうかだな……」

吉五郎は、薄笑いを浮かべた。

「ええ……」

おそらく三枝精一郎は、賭場の用心棒の他にもいろいろやっている筈だ。そして、その中には他人には云えない悪事もある。

吉五郎と丈吉は睨んだ。

「それにしても親方、彦市を押えてしまうと、佐吉の野郎、妙だと思いませんかね」

丈吉は首を捻った。

「妙だとは、源八を襲った二人の浪人が戻らない時から思っている筈だ」

吉五郎は苦笑した。

「成《な》る程《ほど》。じゃあ、その上に彦市も姿を消したとなると、佐吉の奴、堺屋の押込み、諦めるかもしれませんね」

丈吉は読んだ。

「それならそれで良いが、佐吉はもう堺屋の内情や金の在処、それに忍び口などを彦市から聞き出している筈だ。果たして大人しく引き下がり、押し込みを諦めるかどうか……」

吉五郎は、嘲りを過《よ》ぎらせた。

「外道は執念深いですか……」

丈吉は苦笑した。

「丈吉……」

吉五郎が、小料理屋『若柳』を示した。

小料理『若柳』から佐吉が現れ、辺りに不審のないのを見定めて神田川沿いの道を筋違御門に向かった。

「あっしが追いますぜ」

丈吉は告げた。

「丈吉。相手は外道だ。万一の時はさっさと逃げるんだぜ……」

吉五郎は、厳しく命じた。

それは、佐吉の外出が敵を誘《おび》き出す罠であり、襲い掛かって来た時はさっさと逃げろとの指示なのだ。

「承知。じゃあ……」

丈吉は緊張した面持ちで頷き、佐吉を追って立ち去った。

僅かな刻が過ぎた。

小料理屋『若柳』から背の高い痩《や》せた浪人が現れ、佐吉を追うように神田川沿いの道を筋違御門に進んだ。

三枝精一郎……。

吉五郎は、背の高い痩せた浪人を三枝精一郎と見定めた。

何故だ……。

吉五郎は、同じ頃に同じ方向に行く佐吉と三枝が一緒に出掛けない事に戸惑った。

三枝は、佐吉を追うように足早に進んだ。

吉五郎は気付いた。

三枝は、佐吉を尾行る者を捜し出す魂胆なのだ。

吉五郎は睨んだ。

このままでは丈吉が危ない……。

吉五郎は、三枝精一郎を追った。

佐吉は、大戸を閉めている打物屋『堺屋』を一瞥して斜向《はすむ》かいの茶店に入った。

「邪魔するぜ」

「いらっしゃいませ」

茶店娘は、縁台に腰掛けた佐吉を迎えた。

佐吉は茶店娘に茶を頼み、行き交う人々の中に不審な者がいないか捜した。だが、不審なものを感じさせる者はいなかった。

丈吉は物陰に潜み、行き交う人々越しに茶店にいる佐吉を見張った。

何処に何をしに行くのだ……。

丈吉は佐吉を見張った。

「お待たせしました」

茶店娘が、佐吉に茶を持って来た。

「おう……」

佐吉は、茶を飲みながら三枝精一郎が来るのを待った。

僅かな刻が過ぎた頃、打物屋『堺屋』の表に三枝精一郎がやって来た。

佐吉は、三枝に気付いた。

三枝は、佐吉に頷いてみせた。

佐吉は、茶代を置いて茶店を出た。そして、下谷広小路を不忍池に向かった。

丈吉は、物陰を出て佐吉を追い掛けようとした。

「丈吉……」

吉五郎が、背後から丈吉を呼び止めた。

「親方……」

丈吉は戸惑った。

「三枝精一郎だ……」

吉五郎は、佐吉の後を行く背の高い痩せた浪人を示した。

「三枝……」

丈吉は、背の高い痩せた浪人を見詰めた。

「ああ。佐吉を尾行る者を見定めようとしている」

吉五郎は教えた。

「えっ……」

丈吉は戸惑った。

「佐吉を餌《えさ》にしてな」

「じゃあ……」

三枝と佐吉は、姿を見せない敵を何とか誘き出そうとしているのだ。

「ああ。尾行ているのに気付かれれば、三枝の直心影流でばっさりだ」

吉五郎は笑った。

「冗談じゃありませんぜ……」

丈吉は、微かな怯えを滲ませた。

「ま。とにかく二人を追ってみよう」

吉五郎は、三枝精一郎を追った。

丈吉が続いた。

薄暗い座敷には雨戸の隙間から差し込む斜光が伸び、錠前を掛けた長持《ながもち》が置かれていた。

長持が音を立てた。

襖《ふすま》を開け、勘兵衛が長持の置かれた薄暗い座敷に入って来た。

長持は人足たちが口入屋『恵比寿屋』から運び、薄暗い座敷に置いて行ったままの状態だ。

勘兵衛は、長持の様子を窺って蓋《ふた》を小さく叩いた。

長持は、返事をするかのように音を立てた。

勘兵衛は苦笑し、長持の錠前を鍵で外して蓋を開けた。

長持の中には、猿轡を嚙まされて縛られた彦市が恐怖に眼を瞠っていた。

「気が付いたか……」

勘兵衛は、親しげに笑い掛けながら彦市の猿轡を外した。

彦市は大きな吐息を洩らし、怯えた眼で勘兵衛を見上げていた。

「彦市、堺屋に押し込むそうだな……」

勘兵衛は笑顔で尋ねた。

彦市は震え出した。

「実家に押し込むのは感心しないな……」

「お、お侍さま……」

彦市は、喉を引き攣らせて声を嗄《か》らした。

「幾ら彦造やおくみが憎くてもな……」

「堺屋なんて糞食《くそく》らえだ。金を奪い取って堺屋を潰し、彦造やおくみの鼻を明かしてやるんだ」

彦市は、懸命に怒りを燃やして恐怖を忘れようとした。

「だが、お前も盗賊として仕置されれば、彦造とおくみの鼻を明かす処《どころ》ではないぞ」

勘兵衛は苦笑した。

「俺だとは分からねえように覆面をする」

「幾ら顔を隠して押し込んだ処で、母親のおかよや彦造は、お前の仕業《しわざ》だと見破るだろう。そこで佐吉は、おかよや彦造を殺す」

「殺す……」

「うむ。下手《へた》をすれば皆殺しだ」

「違う。佐吉の兄貴は堺屋の金を奪うだけだ」

「彦市、佐吉は押し込み先の者を殺す外道働きの盗賊だ」

「外道……」

　彦市は、戸惑いを浮かべた。

「今迄に押し込み先の者を何人も殺してきている……」

「じゃあ……」

「ああ。外道の佐吉は彦造を殺した後、彦市、おそらくお前も殺す」

「俺も……」

　彦市は困惑した。

「うむ。店の者たちに盗賊の一人がお前だと気付かれ、己に辿《たど》り着かれるのを恐れ、繋がりを断ち切ろうとな……」

「そんな……」

　彦市は呆然とした。

「彦市、お前の彦造とおくみに対する恨みと憎しみは、外道の佐吉に利用されるだけだ」

　勘兵衛は、厳しく告げた。

　彦市は言葉を失い、顔を強張《こわば》らせて激しく震えるだけだった。

「彦市、悪党は決して甘くはない。これ以上、おっ母さんを泣かすな……」

「お侍さまは……」

「私か、私はお前のおっ母さんと親しい者の知り合いの勘兵衛だ」

勘兵衛は笑った。

「勘兵衛さまですか……」

「うむ。彦市、彦造やおくみを見返してやりたいのなら、世間に誇れる手立てを使って見返すのだ」

「勘兵衛さま……」

「彦市、恨みや憎しみは、世間に誇れる手立てを考える力にするんだ」

勘兵衛は言い聞かせた。

「勘兵衛さま……」

彦市は項垂《うなだ》れた。

「分かってくれたか……」

勘兵衛は微笑んだ。

「はい。でも、勘兵衛さま、押し込みは明日の夜です。もう俺にはどうにも出来ません」

彦市は、半泣きで告げた。

押し込みは明日の夜……。

勘兵衛は知った。

「一緒に押し込むのは、若柳にいる浪人だけか……」

「佐吉の兄貴は、三枝の旦那と俺を入れて三人だと云っていますが……」

「若柳の浪人、三枝と申すのか……」

「はい。三枝精一郎って旦那です」

「そうか。だが、外道の佐吉だ。腹の中で何を考えているか分からないな」

「はい……」

彦市は、恐ろしげに眉をひそめて頷いた。

「よし。決して悪いようにはしない。後の始末は私に任せて貰おう……」

勘兵衛は、不敵に云い放った。


不忍池を吹き抜けた微風は、畔の茶店の小旗を揺らしていた。

佐吉は、茶店の前に立ち止まって背後を窺った。

尾行者らしき奴はいない……。

佐吉は、茶店に入って老婆に茶を頼んだ。

三枝精一郎がやって来るのが見えた。

自分と三枝の間に人はいない。

佐吉は見定めた。

三枝は茶店に入り、店の老婆に茶を頼んで佐吉の隣りに腰掛けた。

「尾行て来る野郎はいませんでしたかい」

「ああ。だが、桑原《くわばら》と白崎《しらさき》が源八の野郎を殺しに行って斬られたのは間違いはない。油断はならぬ……」

三枝は、険しい眼差しで辺りを見廻した。

吉五郎と丈吉は雑木林に潜み、茶店にいる佐吉と三枝精一郎を見守った。

「睨み通りでしたね……」

丈吉は眉をひそめた。

「所詮《しょせん》、悪党同士、蛇《じゃ》の道は蛇《へび》って奴だ」

吉五郎は苦笑した。

大川に船の明かりが行き交った。

駒形堂裏の小料理屋『桜や』には、馴染客の楽しげな笑い声が響いていた。

勘兵衛、吉五郎、おせい、丈吉は、奥の座敷に集まった。

「奴らも警戒しているか……」

勘兵衛は、吉五郎と丈吉から佐吉と三枝精一郎の動きを聞いた。

「ええ。で、彦市はどうしました……」

吉五郎は酒を飲んだ。

「若柳に帰した」

勘兵衛は、手酌で酒を飲んだ。

「若柳に……」

吉五郎は眉をひそめた。

「彦市が帰らなければ、佐吉は堺屋の押し込みをせず、行方を晦《くら》ますだろう」

「ですがお頭、彦市が佐吉に洩らしたらどうします」

「そいつはないと思うが、洩らした時は悪党の恐ろしさを知る事になる……」

勘兵衛は、冷たく突き放した。

「おせいさん、それでいいのかい……」

「仕方がありませんよ。獄門に掛けられるより、お頭に始末された方が、おかよさんも喜ぶでしょう。いずれにしろ、決めるのは彦市自身ですからね」

おせいは、哀しげな笑みを浮かべて猪口の酒を飲み干した。

「そうか……」

吉五郎は頷いた。

「それでお頭、奴らの押し込みは明日の夜ですか……」

「うむ……」

「じゃあ、押し込む前に先手を……」

「いや。佐吉たちに押し込ませる……」

「押し込ませる……」

丈吉は眉をひそめた。

「ああ。彦造に己の愚かさを思い知らせる為にな……」

「お頭……」

「そして、私が始末を着けてやる……」

勘兵衛は嘲りを浮かべた。

翌日、吉五郎と丈吉は、神田川に架かる新シ橋の船着場に屋根船を繋ぎ、小料理屋『若柳』を交代で見張った。

おせいは、打物屋『堺屋』のお内儀おかよを訪れ、彦造やおくみの様子をそれとなく窺った。

勘兵衛は、朝から姿を消していた。


神田川の流れに月影が映えた。

佐吉と三枝精一郎は、彦市を連れて小料理屋『若柳』を出た。

既に亥《い》の刻四つ（午後十時）を過ぎ、神田川沿いの道に人影はなかった。

佐吉、三枝、彦市は、小料理屋『若柳』を出て神田川沿いの道を筋違御門に向かって進んだ。

吉五郎と丈吉は、屋根船を降りて三人を追った。

行き先は上野新黒門町の打物屋『堺屋』……。

吉五郎と丈吉は追った。


下谷広小路は闇に覆われていた。

佐吉、三枝、彦市は、打物屋『堺屋』の様子を窺った。

打物屋『堺屋』は、大戸を閉めて静けさに包まれていた。

佐吉、三枝、彦市は、物陰の暗がりに入って押し込む仕度を始めた。

佐吉は、着物を裏に返して着直した。着物は無双《むそう》に作られており、裏地は黒い押し込み装束になった。

三枝は、刀を抜いて空を斬り、残忍な笑みを浮かべて鞘に戻した。

外道の押し込み……。

彦市は、事の重大さに青ざめて震えた。

「彦市、もう後戻りは出来ねえぜ」

佐吉は嘲りを浮かべた。

彦市の震えは激しくなった。

「さあ、忍び口に案内しろ……」

佐吉は、彦市を促《うなが》した。

彦市は頷き、打物屋『堺屋』の裏手に佐吉と三枝を誘った。

吉五郎と丈吉は、暗がりから見送った。

「親方……」

「うん。お頭に報《しら》せろ」

「はい……」

丈吉は、拍子木《ひょうしぎ》を取り出して打ち鳴らした。

拍子木の音が、夜空に甲高く響き渡った。

彦市は、打物屋『堺屋』の裏手に廻り、板塀の裏木戸に佐吉と三枝を誘った。

「ここです……」

佐吉は、忍び返しのついた板塀を見上げて木戸を開けようとした。だが、木戸には横猿《よこさる》が掛けられているらしく開かなかった。

「よし。夜遊びをして帰って来た時のように木戸を開けろ……」

「へ、へい……」

彦市は、竹串《たけぐし》を取り出して木戸の取っ手の下の隙間に差し込んだ。

「早くしろ」

佐吉は、険しい面持ちで急かした。

「へい……」

彦市は、竹串を押し込んで横に引いた。

微かな音がして横猿が外れた。

「退け……」

佐吉は、彦市を突き飛ばすように退かして木戸を開けた。

木戸は微かな軋みを立てて開いた。

「三枝の旦那……」

「ああ……」

「彦市……」

佐吉は、彦市を促した。

彦市は喉を鳴らして頷き、打物屋『堺屋』の裏庭に忍び込んだ。

佐吉と三枝が続いた。


座敷の障子は、月明かりに青黒く照らされていた。

暗い座敷では、彦造が鼾《いびき》を掻《か》いて眠っていた。

障子が僅かに開いた。

佐吉と三枝が忍び込んで来た。

三枝は刀を抜き払い、眠っている彦造の枕を蹴った。

彦造は驚いて眼を覚ました。

三枝が、彦造に抜いた刀を突き付けた。

彦造は、思わず悲鳴を上げそうになった。

一瞬早く、佐吉が彦造の口を押えた。

彦造は眼を瞠り、恐怖に激しく震えた。

「金を出せ……」

佐吉は囁いた。

「出さなければ殺す……」

佐吉は、残忍な笑みを浮かべた。

「だ、出します。出しますから命ばかりはお助け下さい……」

彦造は、恐怖に喉を引き攣らせて嗄れた声を震わせた。

「よし。さっさと出せ……」

佐吉は、彦造を離した。

彦造は、震えながら座敷の奥の違い棚に這い寄った。そして、違い棚の地袋の戸を開け、中の床板を外して金箱を取り出した。

佐吉は、金箱の蓋を開けた。

金箱には小判が入っていた。

「いいだろう……」
佐吉は、薄笑いを浮かべて金箱を抱え、三枝に目配せをした。
三枝は、彦造を斬ろうとした。
刹那、座敷の天井から黒い人影が舞い降りた。
三枝は、狼狽《うろた》えながらも咄嗟に黒い人影を斬ろうとした。
黒い人影は、忍び刀を横薙《よこな》ぎに煌めかせた。
三枝は、脇腹を斬られて倒れた。
生温かい血が彦造に飛び散った。
恐怖に包まれた彦造は、座敷の隅に転がって頭を抱えて蹲《うずくま》った。
黒い人影は、錏頭巾《しころずきん》と忍び装束で身を固めた勘兵衛だった。
佐吉は、金箱を抱えて慌てて逃げようとした。
勘兵衛は許さず、佐吉の肩を掴まえて振り向かせ、心の臓に忍び刀を突き刺した。
佐吉は眼を瞠った。
「外道の佐吉、これ迄だ……」
勘兵衛は、佐吉から金箱を奪い取った。

佐吉は、ゆっくりと崩れ落ちた。

「彦造……」

勘兵衛は、座敷の隅で頭を抱えて蹲っている彦造に囁いた。

「親兄弟や奉公人を蔑《ないがし》ろにし、不人情な真似をすれば、次ぎは命を貰いに来る……」

勘兵衛は脅した。

「は、はい……」

彦造は、頭を抱えて震えながら頷いた。

勘兵衛は嘲笑を浮かべ、金箱を担いで立ち去った。

彦造は、頭を抱えて無様に震え続けた。

佐吉と三枝の死体から流れる血は、蒲団《ふとん》や座敷を赤く染めて生臭さを漂わせた。

座敷の天井の隅には、眠り猫の千社札が貼られていた。

勘兵衛は、金箱を抱えて木戸を出た。

吉五郎と丈吉が待っていた。

勘兵衛は、丈吉に金箱を渡した。

「恵比寿屋の縁の下に……」

「はい……」

丈吉は、金箱を担いで夜の闇に駆け去った。

逃げる時は、奪った金を隠して身軽になるのも極意だ。

勘兵衛は、打物屋『堺屋』から奪った金を口入屋『恵比寿屋』の縁の下に一時的に隠し、後日ゆっくり取りに来るつもりだ。

「吉五郎、彦市はどうした……」

「佐吉に見張りを言い付けられましたが、怖くなって逃げたようですよ」

吉五郎は苦笑した。

「そいつは私の言い付けだ。ではな……」

勘兵衛は、笑みを浮かべて暗闇に消えた。

吉五郎は、打物屋『堺屋』の様子を窺った。

彦造の悲鳴が響き、寝ていた奉公人たちが起き出す気配がした。

吉五郎は嘲笑し、裏路地から立ち去った。

北町奉行所の同心たちは、押し込んだ盗賊が奪った金を巡って殺し合ったと判断し、探索を始めた。

世間には、彦造の不人情さに怒った盗賊が、打物屋『堺屋』に押し込み、殺し合ったと云う噂が流れた。勿論、吉五郎が人を使って流した噂だった。

盗賊も怒る不人情な男……。

不人情が招いた禍《わざわい》……。

噂は世間に広がり続けた。

世間の人々は、打物屋『堺屋』を指差し、眉をひそめて囁き合った。

彦造は、己の愚かさを思い知らされた。

人は、一度の説教や脅しで容易に変われるものではない。しかし、彦市と彦造は変わったようだ。

おせいの話では、彦市は母親のおかよを連れて『堺屋』を出て、神楽坂《かぐらざか》に小さな打物屋の店を開いた。打物屋を開店する元手は、彦造が出した。

どうやら、人別帳の彦市の名に貼られた札は外されたようだ。

それで良い……。

勘兵衛は、黒猫庵の広い縁側の日溜りに座り、胡座《あぐら》の中の老黒猫を撫《な》でながら時雨の岡で楽しげに遊ぶ子供たちを眺めた。

夏の日は長閑《のどか》に過ぎていく……。

第三話　拐《かどわ》かす

一

根岸《ねぎし》の里、時雨《しぐれ》の岡《おか》に初秋の微風が吹き抜け、黒猫庵の縁側の日溜《ひだま》りは次第に柔らかくなっていく。

囲炉裏《いろり》の火は小さく燃えていた。

「良い季節になりましたね……」

吉五郎《きちごろう》は囲炉裏端に座り、勘兵衛《かんべえ》の淹《い》れてくれた茶をすすった。

「うむ……」

勘兵衛は、縁側の外に見える時雨の岡を眼を細めて眺めた。

吉五郎は、訪れた用件を話すのを躊躇《ためら》っている。

何故だ……。

勘兵衛は、微《かす》かな戸惑いを覚えていた。

「昨日、懐かしい女を見掛けましてね」

吉五郎は、漸《ようや》く黒猫庵を訪れた用件を話し始めた。

「懐かしい女……」

「昔、隙間風《すきまかぜ》の清五郎《せいごろう》の処《ところ》にいたおしのって三十過ぎの女なんですがね」

「隙間風の清五郎……」

「ええ。隙間風のように忍び込んで金を奪っていく……」

「清五郎、五年前に病で死に、一味は散ったと聞いたが……」

「仰る通りです」

吉五郎は頷《うなず》いた。

「その清五郎の一味だったおしのを、何処《どこ》で見掛けたのだ」

「そいつが、日本橋は箔屋町《はくやちょう》にある秀泉堂《しゅうせんどう》と云う茶道具屋でしてね……」

「ほう。秀泉堂と云えば、江戸でも名高い茶道具屋だな」

「はい。値の張る品物ばかり扱っており、大名や旗本家に出入りを許されているって茶道具屋です」

「おしの、その秀泉堂で何をしているのだ」

「そいつが奥向きの女中をしていましてね」

「奥向きと云うと、主の家族の世話をしているのか……」

「はい。秀泉堂の旦那の喜兵衛《きへえ》には、おきぬと云うお内儀と五歳になる喜助《きすけ》って倅《せがれ》がおりまして、その世話をしているそうです」

吉五郎は、おしのを見掛けてから茶道具屋『秀泉堂』を調べたようだ。

それだけおしのを気にしている。

何故だ……。

勘兵衛は、微かな戸惑いを覚えた。

「おしの、何処かの盗賊一味の手引き役として秀泉堂に潜り込んでいるのか……」

「そいつは分かりませんが、おしの、秀泉堂の奥向きの女中に雇われて二年目だそうですよ」

「二年目か……」

盗賊の手引き役として女中をしているのなら、そろそろ押し込みがある頃だ。

勘兵衛は読んだ。

「もし、手引き役だとしたら頭《かしら》は何処《どこ》の誰かだな……」

「ええ……」

吉五郎は、勘兵衛を見詰めて頷いた。

「よし、ちょいと探ってみるか……」

勘兵衛は微笑んだ。

「はい……」

吉五郎は、安心したような笑みを浮かべた。

石神井川《しゃくじいがわ》用水で遊ぶ水鶏《くいな》の鳴き声が、時雨の岡に甲高く響いた。


日本橋箔屋町は日本橋通南三丁目にある。

勘兵衛と吉五郎は、日本橋通りの賑わいを箔屋町に向かった。

茶道具屋『秀泉堂』は、大名旗本家の御用達《ごようたし》の金看板を掲げ、老舗《しにせ》大店《おおだな》の雰囲気を漂わせていた。

勘兵衛と吉五郎は、近所の店の奉公人や出入りの魚屋や八百屋《やおや》にそれとなく聞き込みを掛けた。

蕎麦屋の窓の外には、茶道具屋『秀泉堂』の表が見えた。

勘兵衛と吉五郎は、蕎麦屋の窓から『秀泉堂』を窺いながら盛り蕎麦をすすった。

「おしの、評判は良いようだな」

「はい。真面目な働き者で誰にでも丁寧《ていねい》だそうでして、秀泉堂のお内儀や幼い倅の喜助にも頼りにされているとか……」

吉五郎は、蕎麦をする箸《はし》を置いて茶を飲んだ。

「うむ。評判の良過ぎるのが気になるな」

勘兵衛は苦笑した。

「猫を被《かぶ》って信用させるのは、手引き役の常套《じょうとう》手段ですからね……」

「ああ。ま、今の処《ところ》、おしのの評判に妙な処はないが、暫《しばら》く様子を見てみないと何とも云えぬな」

勘兵衛は、蕎麦を食べ終わり、微温《ぬる》い茶を飲んだ。

「はい。お頭……」

吉五郎は、茶道具屋『秀泉堂』を示した。

『秀泉堂』の裏手から前掛をした女が、幼い男の子の手を引いて出て来た。

「おしのです……」

吉五郎は、前掛をした女を示した。

「子供は喜助だな」

勘兵衛は睨んだ。

「きっと。散歩にでも行くんですかね……」

「よし。追ってみよう」

勘兵衛と吉五郎は、蕎麦代を払って蕎麦屋を出た。

おしのは、喜助の手を引いて日本橋の通りを横切り、数寄屋町《すきやちょう》に進んだ。

「吉五郎、私は後から行く……」

「承知……」

吉五郎は、おしのと喜助を追った。

勘兵衛は、吉五郎の他におしのを追う者がいないか捜した。

おしのと喜助は、楽しげに言葉を交わしながら数寄屋町の稲荷堂の境内《けいだい》に入った。

吉五郎は、物陰からおしのを見守った。

おしのは、狭い境内を楽しげに駆け廻る喜助を優しく見守った。

勘兵衛は、物陰にいる吉五郎に近寄った。

「待っていた者はいないか……」

「ええ。追って来る者もいなかったようですね」

吉五郎は、勘兵衛の様子からそう読んだ。

「うむ……」

もし、おしのが盗賊の手引き役だとしたら、仲間と繋《つな》ぎを取る……。

勘兵衛と吉五郎は、おしのに近付く者が現れるのを待った。だが、近付く者はだが、近付く者は現れなかった。

勘兵衛と吉五郎は、喜助を遊ばせるおしのを見守った。

おしのは微笑み、遊び廻る喜助を優しく見詰めていた。

まるで我が子を見ているようだ……。

勘兵衛にそうした想いが過《よ》ぎった。

半刻（一時間）近くが過ぎた。

おしのは、喜助に何事かを言い含めた。

喜助は素直に頷き、おしのに手を引かれて稲荷堂の狭い境内を後にした。

おしのは、辺りに誰かを捜す様子もなく喜助を連れて日本橋の通りに向かった。

仲間と繋ぎを取る気配はない……。

勘兵衛は見定めた。

「どうやら、喜助を遊ばせに来ただけらしいですね」

「ああ……」

勘兵衛は頷いた。


おしのは、喜助の手を引いて茶道具屋『秀泉堂』に戻った。

店の表を掃除していた老下男が、おしのと喜助を迎えた。

おしのと喜助は、『秀泉堂』の裏手に入って行った。

勘兵衛と吉五郎は、『秀泉堂』の周囲に不審な者を捜した。だが、『秀泉堂』の周囲に盗賊と思われる者はいなかった。

夕暮れが訪れた。そして、何事もなく夜になり、『秀泉堂』は大戸を降ろして店仕舞いをした。

勘兵衛と吉五郎は見届けた。

夜、大川を吹き渡る風は、初秋の気配を漂わせた。

勘兵衛と吉五郎は、駒形堂《こまがたどう》裏にある小料理屋『桜《さくら》や』の座敷に落ち着いた。

「今の処、盗賊の手引き役を務めている気配はありませんね」

吉五郎は酒を飲んだ。

「うむ。もう暫く様子を見なければ何とも云えないが、私の見た限り、おしのは盗賊の手引き役とは思えぬ」

勘兵衛は、遊んでいる喜助を優しく見守るおしのを想い浮かべた。

「そうですか……」

吉五郎は、微かな安堵を過ぎらせた。

「吉五郎、おしのが随分と気になるようだな」

勘兵衛は微笑んだ。

「実は、おしの、昔のちょいとした知り合いの娘でしてね……」

吉五郎は言葉を濁した。

昔のちょいとした知り合いが男か女か、どんな拘《かか》わりの知り合いなのかは分からない。しかし、言葉を濁すからには、浅い拘わりではない。

勘兵衛は読んだ。

数日が過ぎた。

勘兵衛は、黒猫庵の縁側の日溜りで転《うた》た寝《ね》をしていた。

小走りに来る男の足音が、石神井川用水沿いの小道から聞こえた。

勘兵衛は薄目を開けた。

「旦那……」

丈吉《じょうきち》が、垣根の木戸に現れた。

「おう……」

「御免なすって……」

丈吉は、緊張した面持ちで勘兵衛のいる縁側に駆け寄った。

「どうした……」

「親方が斬られました」

丈吉は、息を弾ませながら囁いた。

「吉五郎が……」

勘兵衛は眉をひそめた。

「はい。日本橋数寄屋町のお稲荷さんの境内で……」

日本橋数寄屋町のお稲荷さん……。

茶道具屋『秀泉堂』の奥女中のおしのが、幼い喜助を遊ばせていた稲荷堂だ。

吉五郎は、その後もおしのを見守っていたのだ。

その吉五郎が斬られたのは、おしのに拘わりがあっての事なのか……。

勘兵衛は想いを巡らせた。

「で、傷の具合は……」

「浅手《あさで》で命に心配はありませんが、お頭にお出で願えないかと……」

「分かった……」

勘兵衛は、日溜りから立ち上がった。

吉五郎は、駒形堂裏の仕舞屋《しもたや》の座敷に寝ていた。

「親方……」

丈吉が、襖《ふすま》の向こうから声を掛けて来た。

「丈吉か……」

「はい、お頭がお見えです」

丈吉が告げ、勘兵衛が襖を開けて入って来た。

「お頭……」

吉五郎は、肩に晒《さら》しを巻いた身体を蒲団《ふとん》の上に起こした。

「大丈夫か……」

「肩から背中を少々、面目ありません」

吉五郎は苦笑した。

「で、おしのに何があったのだ……」

勘兵衛は、厳しさを滲《にじ》ませた。

「はい。お稲荷さんで喜助を遊ばせていたら三人の浪人と妙な遊び人が現れ、喜助を拐《かどわ》かしたんです」

「拐かした……」

勘兵衛は眉をひそめた。

「はい。おしのは懸命に喜助を守ろうとしたのですが、浪人に突き飛ばされて斬られそうになり、思わずあっしが……」

「飛び出したか……」

「はい。で、この態《ざま》です」

吉五郎は、己を嘲笑《あざわら》った。

「それで、喜助は連れ去られたのか……」

「はい。無理矢理、町駕籠《まちかご》に乗せられて……」

「おしのはどうした」

「あっしが、喜助と浪人どもを追わせました」

「追わせた……」

「はい」

吉五郎は頷いた。

「よし。丈吉、茶道具屋の秀泉堂に行き、どんな様子か探れ」

「はい。じゃあ御免なすって……」

丈吉は、座敷から素早く出て行った。

「吉五郎、喜助の拐かしは金が狙いだな」

勘兵衛は睨んだ。

「きっと……」

「だったら、必ず秀泉堂の主の喜兵衛に脅《おど》し文《ぶみ》を寄越《よこ》す……」

「はい……」

「そこから辿《たど》るか……」

勘兵衛は、小さな笑みを浮かべた。

「お頭、おしのに追わせたのが良かったかどうか……」

吉五郎は、微かな後悔を滲ませた。

「おしのも只《ただ》の女中じゃあない。心配はいらないだろう」

「だったら良いんですが。お頭……」

「うむ。おしのは引き受けた」

「お願いします」

吉五郎は、勘兵衛に深々と頭を下げた。


茶道具屋『秀泉堂』は、普段と変わった様子もなく商売を続けていた。

丈吉は、斜向《はすむ》かいの路地から『秀泉堂』の様子を窺っていた。

「どうだ……」

塗笠を目深に被った勘兵衛が、路地の奥から現れた。

「子供が拐かされたのを、未だ知らないのですかね。これと云って変わった様子はありません」

丈吉は、戸惑いを過ぎらせた。

「いや。役人に報《しら》せたり、騒ぎ立てると子供を殺すと脅されているのかもしれない……」

「じゃあ、脅し文が……」

「ああ。子供の命代が幾らか書いた脅し文がな……」

「とっくに来ていますか……」

丈吉は、茶道具屋『秀泉堂』を見詰めた。

「それで丈吉、奥女中のおしのはいるのか……」

「さあ……」

丈吉は首を捻《ひね》った。

「よし。此処《ここ》を頼む……」

勘兵衛は、茶道具屋『秀泉堂』の表に丈吉を残し、裏手に廻って行った。

茶道具屋『秀泉堂』の裏には、背の高い板塀が廻されていた。

勘兵衛は、板塀の裏木戸から裏庭の様子を窺った。

洗い物を終えた女中が台所に入り、裏庭の井戸端に人気《ひとけ》はなくなった。

勘兵衛は、裏木戸から裏庭に素早く忍び込んだ。そして、物陰伝いに奥庭に進んだ。

茶道具屋『秀泉堂』の奥庭は、日本橋の通りにある店とは思えぬ静けさだった。

勘兵衛は、植込みに忍んで母屋《おもや》の様子を窺った。

主とお内儀らしき中年の男女が、母屋の座敷で深刻な面持ちで話をしていた。

勘兵衛は、主の喜兵衛とお内儀のおきぬだと睨み、母屋の縁の下に忍び込んだ。そして、喜兵衛とおきぬのいる座敷の下に進んだ。

「お前さま、喜助は本当に無事なんでしょうか……」

おきぬの涙声が聞こえた。

「おきぬ、何度も云っているように無事だと信じるしかないのだ」

喜兵衛の声には、苛立《いらだ》ちが含まれていた。

「おしのは、どうしたんですかね」

おきぬの心配に満ちた声がした。

「喜助と一緒だと思うが……」

おしのは、喜助が拐かされた時から『秀泉堂』に戻ってはいない。

勘兵衛は知った。

廊下を来た足音が、座敷に入った。

「旦那さま、三百両用意致しました」

畳の上に重い物が置かれた。

三百両の小判の重さだ……。

喜助を拐かした者たちは、三百両の身代金を要求してきたのだ。

「御苦労だったね、嘉平《かへい》。じゃあ私は金を届けに行きますから、後を頼みましたよ」

「はい。ですが旦那さま、お一人で大丈夫ですか……」

嘉平は心配した。

「大丈夫も何も、喜助を拐かした者は、私に一人で持って来いと云って来たのだ。云う通りにするしかないだろう」

「はい……」

「おきぬ、気をしっかり持って待っているのですよ」

「お前さま、お気を付けて……」

おきぬの声は、涙に満ちていた。

「うん……」

喜兵衛は、拐かされた喜助の身代金三百両を届けに行く。

勘兵衛は、座敷の縁の下を離れた。

茶道具屋『秀泉堂』に変わった事はない。

丈吉は、斜向かいの路地から見張り続けた。

勘兵衛が戻って来た。

「如何《いかが》でした……」

「おしのは戻ってはいない。これから旦那の喜兵衛が喜助を拐かした者に三百両の身代金を届けに行く」

丈吉は、勘兵衛の言葉に緊張を浮かべた。

旦那の喜兵衛が、番頭の嘉平たち奉公人に見送られて茶道具屋『秀泉堂』から出て来た。

勘兵衛と丈吉は見守った。

喜兵衛は、番頭の嘉平から金箱を包んだ風呂敷包みを受け取り、小脇に抱えて日本橋に向かった。

「お頭……」

丈吉は、勘兵衛に追って良いかと目顔で尋ねた。

「待て……」

勘兵衛は、辺りを窺った。

浪人と派手な半纏《はんてん》を着た遊び人が、『秀泉堂』の向かいにある蕎麦屋から現れ、喜兵衛の後に続いた。

喜助拐かしの一味……。

勘兵衛は睨んだ。

「お頭……」

丈吉は、浪人と遊び人に気が付いて眉をひそめた。

「うむ。追うぞ」

「はい……」

勘兵衛と丈吉は、浪人と遊び人を追って日本橋の通りの賑わいを進んだ。

二

茶道具屋『秀泉堂』の主・喜兵衛は、喜助の身代金三百両を持って日本橋の通りを北に進んだ。

浪人と遊び人は、喜兵衛の後に続いた。

勘兵衛は、丈吉と共に三人を追った。

日本橋の高札場《こうさつば》が近付いた。

高札場には公儀の触《ふ》れが掲げられ、数人の人たちが見上げていた。

喜兵衛は、怯《おび》えたように辺りを見廻して高札を見上げる人々の後ろに立った。

浪人と遊び人は、喜兵衛の背後に付いた。

「お頭……」

丈吉は囁いた。

「高札場で金の受け渡しするようだな」

「ええ……」

「丈吉、喜助が来ているかもしれない。それらしい五歳ぐらいの男の子を捜してみろ」

勘兵衛は命じた。

「承知……」

丈吉は、高札場に向かった。

勘兵衛は、喜兵衛と浪人や遊び人を見守った。

申《さる》の刻七つ（午後四時）を報《しら》せる鐘の音が、遠くから微かに聞こえた。

喜助を無事に返して欲しければ、申の刻七つ、主の喜兵衛一人で日本橋の高札場に三百両を持って来い……。

喜兵衛は、脅し文に書いてある通りに動いていた。

約束の刻限だ。

喜兵衛は、緊張を漲《みなぎ》らせた。

「振り返るな……」

不意に背後から男の囁き声がした。

喜兵衛は、飛び上がらんばかりに驚いた。

「振り返れば、子供の命はない……」

浪人は脅した。

喜兵衛は、高札を見詰めたまま頷いた。

「金を渡して貰おう」

遊び人が、喜兵衛の持っている風呂敷包みを取ろうとした。

「き、喜助は……」

喜兵衛は、緊張に嗄《しやが》れた声を震わせた。

「心配するな。金を見定めたら直《す》ぐ秀泉堂に帰す。だから、さっさと金を渡せ」

浪人は、嘲《あざけ》りを滲ませて囁いた。

喜兵衛は、風呂敷包みを渡すしかなかった。

「振り向くな。振り向けば喜助は死ぬ。良いな……」

「は、はい……」

喜兵衛は、喉を引き攣らせて頷いた。


浪人と遊び人は、喜兵衛から受け取った風呂敷包みを持って高札場を離れた。

喜兵衛は、高札に向かったまま動かなかった。

勘兵衛は、浪人と遊び人を追った。

浪人と遊び人は、日本橋の通りを東に横切り、青物町《あおものちょう》に進んだ。

勘兵衛は追った。

丈吉が、勘兵衛の背後にやって来た。

「喜助らしい子供はいませんでした……」

丈吉は囁いた。

「そうか。奴らは喜兵衛から金を受け取った」

青物町を抜けると楓川《もみじがわ》に出る。

浪人と遊び人は、楓川に架かる海賊橋《かいぞくばし》を渡って尚も東に向かった。

勘兵衛と丈吉は、慎重に尾行《つけ》た。

浪人と遊び人は、八丁堀《はっちょうぼり》組屋敷街と南茅場《みなみかやば》町《ちょう》の間の道を足早に進んだ。

そのまま進めば亀島川《かめしまがわ》になり、架かっている霊岸橋《れいがんばし》を渡ると霊岸島だ。

勘兵衛と丈吉は、浪人と遊び人を追った。


日本橋川に気の早い紅葉が流れた。

おしのは、日本橋川に架かる湊橋《みなとばし》の袂《たもと》から南新堀《みなみしんぼり》一丁目にある雨戸を閉めた小さな店を見詰めていた。

三人の浪人と遊び人たちは、拐かした喜助を葛籠《つづら》に押し込んで南新堀町の雨戸を閉めた小さな店に連れ込んだ。

おしのは、必死な思いで後を追い、どうにか見届けた。

久し振りに人を尾行た緊張は、おしのを激しく疲れさせた。

僅かな刻が過ぎ、浪人と遊び人が出掛けた。

おしのは追わず、喜助が閉じ込められた小さな店を見張った。

役人に訴え出るか……。

だが、小さな店には喜助の他に浪人が二人だけではなく、他にもいるのかもしれない。

役人に下手《へた》に訴え出ると、喜助の命に拘わるのだ。

おしのは、喜助の身を心配した。

喜助を拐かした者たちは、茶道具屋『秀泉堂』の主・喜兵衛から身代金を脅し取るつもりなのだ。

喜兵衛は、おそらく身代金を払って喜助を助けようとする。しかし、身代金を払ったからと云って、喜助が無事に返されるとは限らない。寧《むし》ろ浪人と遊び人たちは、役目の終わった喜助を殺す筈だ。

やはり、役人に訴えている暇はない。

一刻も早く、喜助を助け出さなければならない。

おしのは、雨戸を閉めた小さな店がどのようなものであり、誰が住んでいるのか辺りにそれとなく聞き込みを掛けた。

小さな店は元は茶店だったが潰れ、高利貸しに借金の形《かた》に取られ、得体の知れない浪人や遊び人たちが棲《す》み着くようになっていた。

おしのは、喜助を無事に助け出す手立てを必死に考えた。そして、打物屋《うちものや》で柳刃《やなぎば》包丁を買い、手拭に包んで帯の後ろに隠した。

喜助を助ける為には夜叉《やしゃ》にもなる……。

おしのは、命を懸ける覚悟を決めた。

浪人と遊び人は、亀島川に架かる霊岸橋を渡り、南新堀一丁目に入った。そして、雨戸を閉めている小さな店に入った。

勘兵衛と丈吉は、日本橋川に架かる湊橋の袂で見届けた。

「お頭……」

「うむ。喜助はおそらくあの家にいるだろう」

「はい……」

勘兵衛は、辺りにおしのを捜した。しかし、おしのは何処にもいなかった。

夕陽が沈み始めた。

勘兵衛は、日本橋川の流れに映える夕陽を眩《まぶ》しげに眺めた。

「で、どうします」

丈吉は、勘兵衛の指示を仰いだ。

「身代金を手に入れれば、喜助は役目の終わった邪魔者だ」

「邪魔者……」

丈吉は眉をひそめた。

「ああ。邪魔な子供は、人買いに売り飛ばすか殺すかだ……」

「殺すって五歳の子供をですか……」

丈吉は驚いた。

「ああ。幼い子供を拐かすような悪党に人の情けはない。よし、一刻の猶予もならぬ。私が踏み込み、浪人どもを片付ける。丈吉はその隙に喜助を捜して助け出せ」

「承知……」

丈吉は、厳しい面持ちで頷いた。

勘兵衛は、塗笠を目深に被り直し、雨戸を閉めた小さな店に近付いた。

丈吉が続いた。

勘兵衛は、小さな店の様子を窺った。

奥座敷の猿《さる》の掛かっていない雨戸が、外から僅かに開けられた。
おしのは暗い奥座敷の中を窺い、危険がないのを見定めて忍び込んだ。
男たちの話し声が、居間から聞こえていた。
おしのは、暗い奥座敷に忍び、茶店の様子を窺った。
喜助は、茶店の何処かに閉じ込められている筈だ。
おしのは、茶店の中に喜助の気配を探した。
子供のすすり泣きが、廊下の奥から微かに聞こえた。
喜助の泣き声……。
おしのは、聞き耳を立てて微かな子供のすすり泣きを聞いた。
すすり泣きは、喜助のものに間違いなかった。
喜助は無事だった……。
おしのは、安堵の吐息を深々と洩らした。
喜助のすすり泣きは、暗い廊下から洩れて来ていた。
おしのは、喜助の閉じ込められている場所を見定めようとした。
喜助のすすり泣きは、暗い廊下の奥の納戸《なんど》から洩れている。

おしのは見定めた。そして、居間にいる拐かしの浪人たちの隙を窺った。

三人の浪人と遊び人は、二十五両の包み金三個、七十五両づつ分け合った。

「さあて、餓鬼はどうしますかい……」

遊び人は、薄笑いを浮かべて三人の浪人たちに訊いた。

「寅造《とらぞう》、幾ら餓鬼でもこっちの顔を見ている限り、無事に帰す訳にはいかねえ。日本橋川に放り込んで殺せ……」

身代金を取って来た浪人が、分けた金を懐《ふところ》に入れながら残忍に云い放った。

「流石《さすが》は松崎《まつざき》の旦那。餓鬼が相手でも情け容赦は無用ですか」

寅造と呼ばれた遊び人は苦笑した。

「ああ。無用な情けは命取りだ」

浪人の松崎は、嘲笑を浮かべた。

刹那《せつな》、店先で物音がした。

松崎たち浪人と寅造は、薄暗い店先に険しい眼を向けた。

塗笠を被った着流しの侍が、薄暗い店先に浮かんだ。

「何だ。手前は……」

浪人の一人が叫んだ。

「拐かしの外道に名乗る名は持ち合わせちゃあいねえ」

勘兵衛は、冷たく笑った。

「お、おのれ……」

松崎たち浪人は、得体の知れない侍が拐かしを知っているのに狼狽《うろた》えた。

勘兵衛は、暗い店から居間に上がった。

「ぶち殺せ……」

松崎は怒鳴った。

二人の浪人が、勘兵衛に猛然と斬り掛かった。

勘兵衛は、刀を抜いて二人の浪人の刀を打ち払った。

茶店は揺れた。

拐かしの浪人たちは、何者かと斬り合いになっている。

おしのは戸惑った。だが、直ぐに喜助を助け出す時だと気付いた。

今しかない……。

おしのは、暗い廊下の奥の納戸に走った。そして、喜助のすすり泣きが聞こえている納戸の板戸を開けた。

喜助のすすり泣きが止まった。

「坊ちゃま、おしのですよ」

おしのは、そう云いながら納戸に入った。

喜助は、入って来た女がおしのだと気付き、苦しげに呻《うめ》いた。

「今、助けてあげますからね」

おしのは、喜助に嚙まされている猿轡《さるぐつわ》を外し、柳刃包丁で縄を切った。

「おしの……」

喜助は、おしのに抱き付いた。

「さあ、私の背中におんぶして……」

おしのは、柳刃包丁を手拭に包んで帯の後ろに入れ、喜助に背を向けた。

喜助は、おしのの背に乗って小さな手でしがみついた。

おしのは、背中に喜助の重さと温かさを感じた。

「しっかり摑《つか》まっているんですよ」

「うん……」

喜助は頷いた。

おしのは、喜助を背負って納戸を出た。

勘兵衛は、二人の浪人と居間で激しく斬り合っていた。

寅造は、廊下に逃げようとした。

喜助を背負ったおしのが、納戸から奥座敷に逃げ込むのが見えた。

「ま、松崎の旦那……」

寅造は、慌てて松崎を呼んだ。

「どうした」

「女が餓鬼を連れて逃げた」

「おのれ。寅造、追うぞ」

松崎と寅造は、おしのと喜助を追って座敷に走った。

台所から入って来た丈吉が、事態を知って松崎と寅造を追った。

勘兵衛は、廊下の奥で何かが起きたのに気付いた。

手間を掛けてはいられない……。

勘兵衛は、斬り付ける浪人の刀を握る手を両断した。

両断された手は、刀を握り締めたまま天井に飛んだ。

刀を握る手を両断された浪人は、辺りに血を振り撒いて倒れた。

「お、おのれ……」

残った浪人は、恐怖に激しく震えて身を翻《ひるがえ》した。

勘兵衛は、逃げる浪人を追わず、廊下の奥に走った。


夜の湊橋界隈《かいわい》に行き交う人はいなかった。

茶道具屋『秀泉堂』に帰らなければ……。

おしのは、喜助を背負って日本橋箔屋町に逃げようとした。だが、遊び人と浪人が、猛然と追い縋《すが》って来た。

おしのは、必死に逃げた。

遊び人が、おしのの背中の喜助に手を伸ばした。

おしのは、帯の後ろから抜いた柳刃包丁を振り廻した。

遊び人は、驚きながらも咄嗟《とっさ》に転がって躱《かわ》した。

浪人が迫った。

囲まれたおしのは、柳刃包丁を構えた。

「大丈夫か、寅造……」

浪人が薄笑いを浮かべた。

「へい。松崎の旦那、この女、只の女中じゃありませんぜ」

遊び人の寅造は、怒りを滲ませた。

「女、何者だ……」

松崎は、柳刃包丁を構えているおしのを見据えた。

おしのは、柳刃包丁を構えて後退《あとずさ》りした。

「云いたくなければ、それでもいい。餓鬼と一緒に始末する迄だ」

松崎は、冷笑を浮かべておしのに迫った。

刹那、手拭で頬被《ほっかむ》りをした丈吉が、匕首《あいくち》を輝かせて飛び込んで来た。

松崎と寅造は、思わず怯《ひる》んだ。

「逃げろ……」

丈吉は、おしのに叫んだ。

おしのは、喜助を背負って日本橋川に架かる湊橋に逃げた。

「寅造、追え」

松崎は寅造に命じ、丈吉に激しく斬り掛かった。

丈吉は、必死に応戦した。

寅造が、おしのと喜助を追って湊橋に駆け去った。

丈吉は焦り、追い掛けようとした。

松崎は許さず、丈吉に鋭く斬り付けた。

丈吉は、懸命に応戦した。

勘兵衛が駆け寄って来た。

松崎は舌打ちをし、寅造に続いて湊橋に駆け去った。

丈吉は、息を荒く鳴らした。

「お頭、おしのが喜助を助けて、寅造って遊び人と浪人の松崎が……」

「丈吉……」

「よし、追うぞ……」

勘兵衛は、丈吉を伴って湊橋に走った。


喜助を背負ったおしのは、湊橋を渡って日本橋川沿いを箱崎橋《はこざきばし》に走った。

寅造は追って来た。

おしのは、箱崎橋を渡って日本橋川沿いの小網町《こあみちょう》に逃げた。だが、喜助を背負ったおしのの逃げ足は遅く、寅造は確実に迫った。

おしのは、小網町の裏路地の暗がりに隠れて喜助を背中から降ろし、大きく息をついた。

助けてくれた若い男は誰なのだ……。

おしのは、丈吉の顔を思い浮かべた。しかし、見覚えはなかった。

喜助が拐かされた時も、白髪頭の年寄りが助けてくれた。そして、茶店に踏み込んで来た侍……。

おしのは、助けようとしてくれている者たちがいるのに気が付いた。

誰なのだ……。

おしのは想いを巡らせた。

「おしの……」

喜助は、心細げにおしのの着物の袖《そで》を握り締めた。

おしのは我に返り、喜助に微笑んだ。

「大丈夫ですよ、喜助さま。おしのが必ず旦那さまとお内儀さまの処へ連れて行ってあげますから、暫くは辛抱するんですよ」

おしのは、喜助に言い聞かせた。

「うん……」

喜助は、涙と埃《ほこり》に汚れた顔でおしのを見詰めて頷いた。そこには、幼いながらもおしのを信じる事で、恐ろしさから逃れようとする必死な姿があった。

不意に愛《いと》おしさが衝《つ》き上げた。

おしのは、思わず喜助を抱き締めた。

寅造が通りにやって来た。

おしのは、喜助を抱いて裏路地の奥に引き下がった。


寅造は、辺りにおしのと喜助を捜した。

「寅造……」

浪人の松崎が、寅造に駆け寄って来た。

「松崎の旦那……」

「女と餓鬼はどうした」

「この辺りに逃げ込んだ筈なんですが……」

「そうか……」

寅造は眉をひそめた。

松崎は、険しい面持ちで辺りを見廻した。

「処《ところ》で松崎の旦那、踏み込んで来た侍と若い野郎、何者なんですか……」

「分からねえが、役人じゃあないのは確かだ」

「へい……」

「とにかく、女と餓鬼を捜し出して殺すんだ」

松崎と寅造は、辺りの暗がりにおしのと喜助を捜し始めた。

おしのは、喜助を連れて暗い裏路地の奥に下がった。

喜助が、裏路地の隅に立て掛けてあった竹竿に蹴躓《けつまず》いた。

竹竿は音を立てて倒れた。

松崎と寅造は、音のした裏路地の暗い奥に走った。

勘兵衛は、松崎と寅造が裏路地に走り込むのを見た。

「丈吉……」

勘兵衛と丈吉は、裏路地に急いだ。

三

おしのは、喜助を連れて裏路地を逃げた。

松崎と寅造は追った。

おしのは、小網町の裏路地を駆け抜けて稲荷堀《とうかぼり》の堀端に出た。そして、稲荷堀の堀端を東堀留川《ひがしほりどめがわ》に架かる思案橋《しあんばし》に向かった。

少しでも、茶道具屋『秀泉堂』に近付かなければならない。

おしのは、喜助を連れて日本橋箔屋町に向かって必死に逃げた。

松崎と寅造は、執念深くおしのと喜助を追った。

喜助は転んだ。

「喜助さま……」

おしのは、慌てて喜助を抱き起こした。

「大丈夫ですか……」

喜助は、顔を歪《ゆが》めて懸命に痛みを堪《こら》えていた。

おしのは、喜助の足を見た。

小さな膝小僧に血が溢れていた。

おしのは、手拭を喜助の血の溢れる膝小僧に巻いた。

「立てますか……」

「うん……」

喜助は、立ち上がろうとした。だが、膝小僧の痛みは立ち上がるのを許さなかった。

喜助は、激痛に顔を歪めて座り込んだ。

「喜助さま……」

「痛いよ……」

喜助の眼に涙が溢れた。

これ以上、喜助が逃げるのは無理だ。かと云って負ぶって逃げれば、追い付かれるのは眼に見えている。

おしのは、辺りを見廻した。

思案橋の船着場に荷船が繋がれ、東堀留川の流れに揺れていた。

「喜助さま、助けを呼んできます。あの船に隠れて待っていて下さい」

おしのは、喜助を抱いて船着場に降り、揺れている荷船に喜助を乗せた。

「良いですね。必ず私が迎えに来ます。それまで我慢しているんですよ」

「うん……」

喜助は、涙を零《こぼ》しながら頷いた。

「じゃあ……」

おしのは、荷船の船底に喜助を寝かせて筵《むしろ》を掛けた。


思案橋を渡り、西堀留川に架かっている荒布橋《あらめばし》に出る。そして、日本橋川に架かっている江戸橋を渡ると日本橋本材木町《ほんざいもくちょう》一丁目だ。茶道具屋『秀泉堂』のある箔屋町は、そこから遠くはない。

おしのは、思案橋を渡って荒布橋に急いだ。

不意に寅造が現れた。

おしのは狼狽えた。

「捜したぜ」

寅造は、嘲りを浮かべておしのに迫った。

おしのは後退《あとずさ》りした。

「餓鬼はどうした」

寅造は、喜助がいないのに眉をひそめた。

「し、知らないよ」

おしのは、身を翻して逃げようとした。

「待て、この女《あま》……」

寅造は、おしのを背後から摑まえた。

刹那、おしのは振り返り態《ざま》に柳刃包丁を一閃した。

寅造の頰から血が飛んだ。

柳刃包丁の刃先は血に汚れた。

寅造は、頰が切られて血が流れているのを知り、怒りに顔を醜く歪めた。

「手前……」

寅造は匕首を抜いた。

「ぶち殺してやる」

寅造は、おしのに突き掛かった。

おしのは、寅造の匕首を素早く躱し、柳刃包丁を振った。

寅吉は、仰け反って躱した。

「女……」

浪人の松崎が現れた。

おしのは、松崎に向かって柳刃包丁を構えた。

「手前、只の大店の奉公人じゃあねえな」

松崎は嘲笑を浮かべた。

「どうだって良いだろう。そんな事……」

おしのは苦笑した。

「そうはいかねえ……」

松崎は、刀を抜き払った。

おしのは緊張し、柳刃包丁を握り直した。

柳刃包丁は蒼白く輝いた。

久々に味わう緊張は、五体に痺《しび》れるような快感を蘇《よみがえ》らせた。

「ふん。只の大店の奉公人じゃあねえと、自分で云っているようなもんだぜ」

「だったら、どうだってのさ……」

おしのは、松崎に鋭く斬り付けた。

松崎は躱した。

「何を企《たくら》んでいるんだ」

おしのは、遮《さえぎ》るように斬り掛かった。

松崎は跳《と》び退《の》いた。

「秀泉堂で何をしようってんだ」

おしのは、尚も松崎に斬り付けた。

松崎は、刀を横薙《よこな》ぎに閃かせた。

甲高い音が鳴り、おしの手から柳刃包丁が弾き飛ばされた。

おしのは怯んだ。

「どうしても云えねえってのなら、身体に訊く迄だ」

松崎は、おしのに迫った。

おしのは後退りし、逃げようと身を翻そうとした。

松崎は、上段からの一刀を放った。

おしのは、左肩から腕に掛けて斬られて地面に叩き付けられた。

生温い血が肌を濡らすのが分かった。

「女、何を企てているのか、ゆっくり聞かせて貰うぜ。寅造……」

「へい……」

寅造が嬉しげに笑い、おしのを引《ひ》き摺《ず》り起こした。

刹那、拳大の石が唸《うな》りをあげて飛来し、寅造の顔に当たった。

寅造は、短い悲鳴をあげて仰け反った。
松崎は狼狽えた。
勘兵衛が、駆け寄って来た。
「おのれ……」
松崎は満面に悔しさを滲ませ、駆け寄って来る勘兵衛に向き直った。
勘兵衛は、駆け寄りながら松崎に抜き打ちの一刀を閃かせた。
松崎は、必死に勘兵衛の刀を打ち払った。
勘兵衛は、二の太刀を鋭く放った。
松崎は逃げた。
寅造は、慌てて続いた。
勘兵衛は、松崎と寅造を追わず、倒れているおしのに駆け寄った。
おしのは、左肩から腕に掛けて斬られ、気を失っていた。
勘兵衛は、傷の具合を素早く見た。
傷は深くはない。
丈吉が現れ、斬られて気を失っているおしのに気が付き、息を飲んだ。
「お頭……」

「丈吉、舟を調達しろ」

勘兵衛は、丈吉に一両小判を渡した。

「承知……」

丈吉は、荒布橋近くの船宿に走った。

喜助は何処だ……。

勘兵衛は、辺りに喜助を捜した。しかし、喜助の姿は何処にも見えなかった。

喜助はどうした……。

勘兵衛は、微かな戸惑いを覚えた。

西堀留川に架かっている荒布橋から浅草駒形堂に行くには、日本橋川を下って箱崎から三ツ俣《みつまた》に抜け、新大橋を潜って大川を遡《さかのぼ》る。

勘兵衛は、気を失っているおしのを丈吉の借りて来た猪牙舟《ちょきぶね》に乗せて駒形堂に急いだ。

駆け付けた町医者は、おしのの傷の手当てをして帰った。

おしのの傷は、幸いにも命に拘わる程のものではなかった。

勘兵衛は、吉五郎に事の経緯を話して聞かせた。

「そうですか、おしの、一人で喜助を助けようとしたのですか……」

吉五郎は、気を失ったままのおしのを見詰めた。

「うむ。だが、今、その喜助がどうしたのかは分からぬ……」

勘兵衛は眉をひそめた。

「お頭……」

丈吉が、町医者を見送って戻って来た。

「なんだ……」

「喜助を捜しに行って来ます」

丈吉は意気込んだ。

「待て、丈吉。喜助がどうしたかも分からず闇雲《やみくも》に捜しても仕方がない。おしのが気を取り戻すのを待て……」

「ですが、その間に松崎と寅造の野郎たちに見付かれば、殺されちまいますぜ」

丈吉は焦った。

おしのが呻いた。

勘兵衛、吉五郎、丈吉はおしのを見守った。

おしのは、顔を歪めて苦しげに呻いた。

「おしのさん、眼を覚ませ、おしのさん……」

吉五郎は、おしのに呼び掛けた。

「おしの、喜助だ。喜助はどうした」

勘兵衛は、厳しい声音で尋ねた。

「喜助……」

おしのは、微かに呟いた。

「眼を覚ませ、おしの。喜助はどうした」

勘兵衛は、おしのの頬を平手打ちにした。

短い音が鳴り、おしのは気を取り戻した。

「おしの……」

勘兵衛は呼び掛けた。

おしのは、慌てて身を起こそうとした。

「落ち着け……」

勘兵衛は告げた。

おしのは、戸惑った面持ちで勘兵衛、吉五郎、丈吉を見廻した。

今迄、助けてくれた男たち……。

おしのは気付き、微かな安堵を過ぎらせた。

「おしの、詳しい話は後だ。喜助はどうした」

勘兵衛は尋ねた。

「喜助さま……」

おしのは、恐怖に頬を引き攣らせた。

「うむ。松崎と寅造が殺そうとしている。一刻も早く見付けなければならぬ。喜助はどうしたのだ」

「迎えに行かなければ……」

おしのは、立ち上がろうとした。

「待て、おしの……」

「約束したんです。必ず迎えに来ると、私、喜助さまと約束したんです」

おしのは、髪を振り乱して出掛けようとした。

「おしの、今のお前に何が出来る、松崎や寅造に見付かれば殺されるだけだ。殺されれば喜助とは二度と逢えず、約束は果たせぬぞ」

勘兵衛は言い聞かせた。

「お侍さま……」

おしのは、落ち着きを取り戻した。

「おしの、喜助はどうした……」

勘兵衛は静かに尋ねた。

「き、喜助さまは転んで、膝小僧を怪我して、思案橋の船着場の荷船に隠れています」

おしのは告げた。

「思案橋の船着場だな」

勘兵衛は念を押した。

「はい。お侍さま、どうか、どうか喜助さまをお助け下さい。お願いです」

おしのは、勘兵衛に必死に頼んだ。

「よし。私たちが連れて来る。おしのは、此処で待っているのだ」

勘兵衛は、丈吉と共に素早く出て行った。

「お願いします」

おしのは、勘兵衛と丈吉を深々と頭を下げて見送った。

「さあ、おしのさん。喜助の事は旦那たちに任せ、少し横になりなさい」

吉五郎は微笑んだ。

「ありがとうございます……」

おしのは礼を述べ、初めて左肩の斬られた傷の痛みを感じたのか、苦しげに顔を歪めた。

「大した傷ではないそうだ。良かったな」

「は、はい……」

おしのは、吉五郎の胸元に見える晒し布に気付いた。

「旦那さまは今朝方、私をお助け下さった……」

おしのは、吉五郎を見詰めた。

「うん。年甲斐もなく、思わず飛び出してしまってね」

吉五郎は苦笑した。

「申し訳ございません」

おしのは、自分を庇《かば》って斬られた吉五郎に詫びた。

「なあに、掠《かす》り傷だよ」

「良かった。それで旦那さま、お出掛けになられたお侍さまは……」

「信じられるお人。それで良いじゃあないか」

「はあ……」

おしのは、戸惑いながら頷いた。

「処《ところ》でおしのさん、おっ母さんは下総《しもうさ》は松戸《まつど》生まれのおあきさんじゃあないのかな……」

吉五郎は尋ねた。

「は、はい。死んだ母は、確かに松戸生まれのおあきと申しましたが……」

おしのは眉をひそめた。

「やはりそうか。いえね、おっ母さんのおあきさんとは、昔のちょいとした知り合いでね」

「母の昔の知り合い……」

おしのは、緊張を滲ませた。

「ああ……」

吉五郎は、おしのを見詰めて頷いた。

「じゃあ、旦那……」

おしのは、吉五郎を見詰めて言葉を濁した。

「ああ……」

吉五郎は笑った。

おしのは、吉五郎が盗賊だと知った。そして、死んだ母親のおあきとは、盗賊仲間だったのかもしれない。

おしのは、吉五郎が母親の縁で自分を助けてくれたのだと知った。

「でも、どうして私がおあきの娘だと……」

「似ているからだよ。おしのさんの顔を見た時、私は直ぐにおあきさんを思い出したよ」

「母に似ている……」

おしのは、微かな戸惑いを過ぎらせた。

「ああ。おあきさんが病で亡くなったのは風の便りで聞いていてね。だから、娘さんかもしれないとね」

吉五郎は、おあきを思い出すかのように眼を細めた。

「そうでしたか……」

「で、秀泉堂にはお勤めで入っているのかい」

吉五郎の眼が鋭く輝いた。

「いいえ。違います」

おしのは直ぐに否定した。そこには、迷いも躊躇いもなかった。

「違う……」

吉五郎は眉をひそめた。

「はい」

おしのは、吉五郎を見詰めて頷いた。

嘘はない……。

「そうか……」

吉五郎は見定めた。

おしのが盗賊の手引き役でないなら、只単に茶道具屋『秀泉堂』の奥女中として働いているだけなのだ。

だとしたら何故だ……。

吉五郎は、新たな疑念が湧くのを感じた。

行燈《あんどん》の明かりが瞬《また》き、おしのの顔には光と影が交錯した。


丈吉の漕《こ》ぐ猪牙舟は、勘兵衛を乗せて大川を下った。

猪牙舟は、大川に架かる新大橋を潜って三ツ俣を抜け、日本橋川に入った。そして、日本橋川を遡って東堀留川に急いだ。

思案橋は、日本橋川と東堀留川の合流地に架かっている。

丈吉は、思案橋の下の船着場に猪牙舟の舳先《へさき》を向けた。

船着場には荷船が揺れていた。

「荷船だ」

「承知……」

丈吉は、猪牙舟を荷船に寄せた。

勘兵衛は、猪牙舟の船縁《ふなべり》を蹴って荷船に飛び移った。そして、荷船の中を窺った。

荷船の船底には、筵が何枚も重ねられている他には何もなかった。

勘兵衛は、静かに筵を取った。

筵の下には、涙で汚れた顔の喜助が眠り込んでいた。

勘兵衛は苦笑した。

丈吉は、猪牙舟の舳先を廻して来た。

勘兵衛は、眠っている喜助を抱いて猪牙舟に乗り込んだ。

「無事でしたか……」

「うむ。泣き疲れて眠ったようだ」

勘兵衛は、眠っている喜助を猪牙舟の船底に寝かせた。

「じゃあ、出しますぜ」

「頼む……」

丈吉は、猪牙舟を日本橋川の流れに乗せた。

勘兵衛は、眠っている喜助の膝小僧の怪我の応急手当てをし始めた。


「おしの……」

喜助は、涙で汚れた顔を嬉しさに輝かせておしのに飛び付いた。

「喜助さま……」

おしのは、喜助を抱き締めた。

「おしの……」

喜助は、小さな手で必死におしのにしがみついた。

「良かった。無事で良かった……」

おしのは喜助を抱き締め、嬉しさにすすり泣いた。

勘兵衛、吉五郎、丈吉は見守った。

「本当に何とお礼を云って良いか、ありがとうございました……」

おしのは涙を拭い、勘兵衛、吉五郎、丈吉に深々と頭を下げた。

「それよりおしの、喜助の膝小僧の怪我の手当てだ」

「は、はい……」

おしのは、喜助の膝小僧の怪我を見た。

傷口の血は乾いていた。

「あの、お湯を戴けませんか……」

「おう。他に薬と晒し、持って来るぜ」

丈吉は、身軽に出て行った。


おしのは、喜助の膝小僧の手当てをした。

吉五郎は、隣りの小料理屋『桜や』の清助《せいすけ》おみな夫婦におしのと喜助の夕餉《ゆうげ》を仕度させた。

喜助は、嬉しげに飯や汁をお代わりした。そして、腹が一杯になったのか、たわいなく眠ってしまった。

「可哀想に。やっと安心したんですね……」

おしのは、眠った喜助を優しく見守り、満足げにその小さな手を撫《な》でた。

満足げなおしの……。

勘兵衛は、満足げなおしのに何故か違和感を覚えた。

「おしのさん、秀泉堂の旦那とお内儀も心配している。今夜中に店に戻るか……」

吉五郎は尋ねた。

「は、はい……」

おしのは、一抹《いちまつ》の淋しさを過ぎらせながら頷いた。

何かある……。

勘兵衛は、おしのに微かな不審を抱かずにはいられなかった。

四

屋根船で楓川に架かる新場橋《しんばばし》に行く。

新場橋から日本橋箔屋町は近い。

勘兵衛は、おしのと喜助を屋根船で茶道具屋『秀泉堂』に連れて行く事にした。

丈吉の操る屋根船は、勘兵衛と眠る喜助を抱いたおしのを乗せて日本橋川から楓川に入った。そして、海賊橋を潜り抜けて新場橋に近付いた。

丈吉は、屋根船を新場橋の船着場に寄せた。

「着きましたぜ……」

丈吉は、障子の外から告げた。

「よし……」

勘兵衛は、おしのと喜助を待たせて障子の外に出た。

丈吉は、辺りの暗がりを窺っていた。

「どうだ……」

「妙な人影は見えませんが、秀泉堂の周りはどうですか……」

丈吉は眉をひそめた。

「うむ。松崎と寅造、おしのと喜助が戻って来るのを待ち伏せしているか……」

「ええ。執念深く追い廻した野郎どもですからね。見て来ましょうか……」

「いや。私が行く。お前はおしのと喜助を頼む」

「はい……」

「万一の時には、船を出せ」

勘兵衛は指示した。

「承知……」

丈吉は頷いた。

勘兵衛は、屋根船を降りて箔屋町に向かった。

茶道具屋『秀泉堂』は、大戸を閉めていたが明かりは灯されていた。

主の喜兵衛とお内儀のおきぬは、帰らぬ喜助の身を案じて未だ起きているのだ。起きていると云うより、眠れる筈もないのだ。

勘兵衛は、『秀泉堂』の周囲の闇や物陰を透かし見た。

闇や物陰に人影はなく、潜んでいる気配も窺えなかった。

浪人の松崎と遊び人の寅造が、待ち伏せをしている様子はない。

勘兵衛は引き続き、『秀泉堂』の中の様子を探った。

店と母屋には、緊張した気配が漂っており、時々奉公人たちの動きと話し声が窺えた。

不審な処はない……。

勘兵衛は見定め、新場橋の船着場に戻った。

おしのは、喜助の小さな手をしっかりと握り締めて勘兵衛に続いた。

丈吉は、懐の匕首を握り締めておしのと喜助の背後を固めた。

勘兵衛は、茶道具屋『秀泉堂』の表に不審がないのを確かめた。

「では、おしの。潜り戸が開いたら喜助を連れて入り、直ぐに戸を閉めるのだ」

勘兵衛は命じた。

「あの、旦那さまとお内儀さまに……」

おしのは戸惑った。

「それには及ばぬ……」

勘兵衛は、大戸の潜り戸を叩いた。

「は、はい。どちらさまにございますか……」

店の中に人の気配が動き、怯えの含んだ声がした。

勘兵衛は、おしのに目配せをした。

おしのは頷き、店の中に告げた。

「おしのです……」

店の中は俄《にわか》に騒《ざわ》めき、潜り戸が開いた。

行け……。

勘兵衛は、おしのを目顔で促した。

おしのは、勘兵衛と丈吉に目礼して喜助を連れて潜り戸を潜った。

「喜助さま……」

「坊ちゃま……」

奉公人たちの喜びの声があがった。

おしのは、後ろ手に潜り戸を閉めた。

「喜助、喜助……」

主の喜兵衛の喜びに震える声がし、お内儀の嬉し泣きが聞こえた。

「漸く終わりましたね……」

丈吉は笑った。

「いや。未だだ……」

勘兵衛は、斜向かいの暗い路地に走った。

丈吉は、戸惑いながら続いた。

茶道具屋『秀泉堂』は明るくなった。

勘兵衛と丈吉は、斜向かいの路地から『秀泉堂』を見詰めた。

「お頭、松崎と寅造の野郎ですか……」

丈吉は眉をひそめた。

「うむ。現れるかもしれない。それに、おしのが気になってな……」

「おしのさんが……」

丈吉は、勘兵衛に怪訝《けげん》な眼差しを向けた。

「ああ。実はな……」

勘兵衛は、おしのが盗賊の手引き役としてではなく、只の女中として『秀泉堂』に奉公しているのに疑念を抱いた事を告げた。

「そう云われてみれば、只の奉公人にしては命懸けでしたね」

丈吉は、柳刃包丁を振り廻すおしのを思い出した。

「うむ。忠義者と云えば忠義者なのだろうが、果たしてそれだけなのか気になってな」

勘兵衛は苦笑した。

「じゃあ、暫く見張りますか……」

「うむ……」

勘兵衛は、茶道具屋『秀泉堂』から洩れている明かりを見詰めた。

今頃、『秀泉堂』は喜助が無事に帰って来たのを喜び、安堵の時を過ごしている筈だ。

だが、おしのは違う……。

おしのは、主夫婦や他の奉公人たちと、その喜びと安堵に浸ってはいない。

勘兵衛は、何故かそう思えてならなかった。

木戸番が拍子木を打ち鳴らし、子《ね》の刻九つ（午前零時）の夜廻りをして行った。

茶道具屋『秀泉堂』の明かりは消え、漸く眠りに就《つ》いたようだ。

勘兵衛と丈吉は、『秀泉堂』の見張りを続けた。

「松崎と寅造、現れませんね……」

「うむ」

「身代金も取ったし、江戸から逃げたかもしれませんね」

「いいや。真っ当な者ならそうするだろうが、幼い子供を拐かして金を脅し取る外道だ。どんな薄汚い事を企んでいるか……」

勘兵衛は苦笑した。

「一筋縄じゃあいきませんか……」

「おそらくな……」

勘兵衛は頷いた。

四半刻（三十分）が過ぎた。

茶道具屋『秀泉堂』の裏手の闇が僅かに揺れた。

「お頭……」

「うむ……」

勘兵衛と丈吉は、僅かに揺れた裏手の闇を見詰めた。

裏手の闇から、おしのが風呂敷包みを抱えて出て来た。

「おしのさん……」

丈吉は戸惑った。

勘兵衛は眉をひそめた。

おしのは、辺りに変わった様子のないのを見定めて日本橋に向かった。

「お頭……」

丈吉は指示を仰いだ。

「私が追う。お前はあと半刻程見張り、変わった事がなければ引き上げてくれ」

「承知……」

勘兵衛は、丈吉を茶道具屋『秀泉堂』に残しておしのを追った。

日本橋の通りに人気はない。

おしのは、連なるお店の暗がりを足早に進んだ。

何処に何をしに行くのだ……。

勘兵衛は、おしのを慎重に追った。

真夜中、風呂敷包み一つを抱えて出掛けるのは、茶道具屋『秀泉堂』の奉公人としてではない。おそらく、おしの個人としての事なのだ。

おしのに何かがあった……。

勘兵衛は睨んだ。

おしのは、日本橋の通りの町木戸を路地を使って巧みに躱し、横道に進んで外《そと》濠《ぼり》の堀端に出た。

町木戸の避け方や裏路地を良く知っている。

流石《さすが》は女盗賊……。

勘兵衛は苦笑した。

おしのは、外濠の堀端を北に進んだ。

勘兵衛は追った。

おしのは、外濠と結ぶ日本橋川に架かる一石橋《いちこくばし》を渡って尚も進んだ。そして、竜閑橋《りゅうかんばし》を渡って鎌倉河岸《かまくらがし》に入った。


鎌倉河岸に繋がれた船は揺れていた。

おしのは、鎌倉町の裏通りに入った。

行き先は近い……。

勘兵衛の勘が囁いた。

鎌倉町の裏通りには、小さな古い飲み屋があった。

おしのは、小さな古い飲み屋の裏手に入って行った。

勘兵衛は見定めた。

小さな古い飲み屋は既に店を閉めていたが、小さな明かりが灯されていた。

おしのは、小さな古い飲み屋を訪れた。

真夜中、不意に訪れる事の出来る仲……。

勘兵衛は、おしのと小さな古い飲み屋の拘わりを読んだ。

小さな古い飲み屋の腰高障子《こしだかしょうじ》が開いた。

勘兵衛は、素早く物陰に身を隠した。

厚化粧の大年増《おおどしま》が、小さな古い飲み屋から現れ、辺りを鋭い眼差しで窺った。

おしのを尾行《つけ》て来た者を警戒している。

勘兵衛は見守った。

厚化粧の大年増は、おしのを尾行て来た者はいないと見定めて店に戻った。そして、店の小さな明かりは消えた。

厚化粧の大年増は、おしのの素性を知っている。となれば、小さな古い飲み屋と厚化粧の大年増は、盗賊と何らかの拘わりがあるのかもしれない。

勘兵衛は睨んだ。

半刻が過ぎた。

茶道具屋『秀泉堂』に変わりはなかった。

丈吉は、勘兵衛の言い付け通り、見張りを解いて帰ろうとした。

日本橋の通りを男がやって来た。

誰だ……。

丈吉は、再び路地の暗がりに身を隠した。

男は、茶道具屋『秀泉堂』の前に立ち止まり、店の様子を窺った。

寅造……。

丈吉は緊張した。

寅造は、おしのと喜助が茶道具屋『秀泉堂』に戻ったかどうかを探りに来たのだ。

丈吉は、寅造の動きを見守った。


夜が明け、大川には様々な荷船が行き交い始めた。

「そうですか、おしの、秀泉堂を出ましたか……」

吉五郎は眉をひそめた。

「うむ……」

勘兵衛は頷いた。

「お頭、おしのはどうして秀泉堂に奉公したんですかね」

吉五郎は首を傾げた。

「うむ。分からないのはそこだ。盗賊の手引きをする為でなければ、何故に秀泉堂の女中になったか……」

勘兵衛は想いを巡らせた。

「ええ……」

「吉五郎、おしのの母親も盗賊だったな」

「はい。おあきと云いましてね。今のおしのと瓜二《うりふた》つでした……」

「ならば、おしのの父親も……」

「はっきりは分かりませんが、おそらく……」

吉五郎は頷いた。

「で、おしのに亭主はいないのか……」

「さあ、いてもおかしくありませんが……」

「そうだな、いてもおかしくないな」

「ええ。そいつが何か……」

吉五郎は、勘兵衛に怪訝な眼差しを向けた。

「うむ。もし、亭主がいたとしたなら、子供がいてもおかしくない……」

勘兵衛は、何事かを推し量った。

「子供……」

吉五郎は、微かな戸惑いを浮かべた。

「お頭……」

丈吉が帰って来た。

「丈吉、松崎と寅造が現れたか……」

勘兵衛は、丈吉が昨夜から戻っていないと聞き、松崎と寅造が現れたと睨んでいた。

「はい。寅造だけですが……」

丈吉は頷いた。

「で……」

勘兵衛は、丈吉に話の先を促した。

「秀泉堂の様子を探り、南新堀の潰れた茶店に戻りましたよ」

丈吉は、寅吉を尾行けて行き先を見届けて来ていた。

「茶店に松崎はいるのか……」

「はい。どうします」

「秀泉堂の様子を探るからには、未だ何か汚い真似をしようとしているのだろう」

「きっと……」

丈吉は頷いた。

「よし、片を付けてやる」

勘兵衛は不敵に笑った。

人々は奉公先に急ぎ、店は開店の仕度に忙しかった。

南新堀一丁目の潰れた茶店は、雨戸を閉めたままだった。

勘兵衛と丈吉は、茶店の中の様子を探った。

「野郎ども未だ眠っていますぜ」

丈吉は嘲笑った。

「うむ。鼾《いびき》や寝息からすると、松崎と寅造の他に男が二人いるな」

勘兵衛は睨んだ。

「松崎の野郎、お頭に敵わねえから助っ人を呼んだんですよ」

「助っ人か……」

「気の毒に、運の悪い野郎どもですぜ。助っ人たちは見逃してやりますか」

丈吉は苦笑した。

「いや。容赦は無用。恨むなら、外道の松崎と連《つる》んだ己の運の悪さを恨むのだな」

勘兵衛は、冷徹に云い放った。


茶店の中は薄暗く、男たちの鼾と寝息、酒の臭いが満ちていた。

松崎と寅造、二人の浪人が眠っていた。

錏頭巾《しころずきん》に忍び装束の勘兵衛が、薄暗い店先に現れた。

勘兵衛は、居間に忍び込んだ。

居間では、寅造と助っ人の浪人が鼾を搔《か》いて眠っていた。

勘兵衛は、寅造を揺り動かした。

寅造は、酒臭い息を吐いて眼を覚ました。

勘兵衛は笑い掛けた。

寅造は、驚いて眼を瞠《みは》り、叫び声をあげようとした。

次ぎの瞬間、勘兵衛は寅造の口を押え、苦無《くない》で喉を搔き切った。

寅造は、眼を瞠ったまま切られた喉から血を流して息絶えた。

勘兵衛は、隣りで眠っている浪人の心の臓に苦無を打ち込んだ。

浪人は、短い声をあげて呆気《あっけ》なく絶命した。

「誰だ……」

次の間で寝ていた浪人が眼を覚まし、枕元の刀を取ろうと振り返った。

勘兵衛は、苦無を投げた。

苦無は短く唸り、刀を掴んだ浪人の盆《ぼん》の窪《くぼ》に突き刺さった。

浪人は、刀を掴んだまま前のめりに倒れた。

残るは松崎……。

勘兵衛は、前のめりに倒れた浪人の盆の窪から苦無を抜き取り、眠っている松崎に忍び寄った。

松崎は、鼾を搔いて眠り続けていた。

勘兵衛は、松崎の枕を蹴飛ばした。

松崎は跳ね起き、慌てて刀を抜いて構えた。

勘兵衛は嘲笑った。

松崎は、寅造と二人の浪人が死んでいるのに気付いた。

「お、おのれ……」

松崎は、恐怖に衝き上げられた。

「松崎、秀泉堂を食い物にしようとする汚い企て、これ迄だ」

勘兵衛は、松崎を見据えた。

「黙れ……」

松崎は、恐怖を打ち払うかの如く刀を上段に構えて勘兵衛に迫った。

勘兵衛は、居間に跳び退った。

松崎は踏み込み、刀を上段から猛然と斬り降ろした。

刀は、音を立てて鴨居に食い込んだ。

勘兵衛は苦笑した。

松崎は恐怖に包まれた。

刹那、勘兵衛は忍び刀を横薙ぎに一閃した。

松崎は、斬られた腹から血を振り撒いて仰向けに倒れ、絶命した。

片は付けた……。

勘兵衛は、眠り猫の絵柄の千社札を残して立ち去った。

鎌倉河岸の荷揚げ荷下ろしは終わり、揺れる水面は陽差しに煌《きら》めいていた。

勘兵衛は、鎌倉町の裏通りにある小さな古い飲み屋に向かった。

旅仕度のおしのが、裏通りから出て来た。

勘兵衛は、立ち止まって塗笠をあげた。

「旦那……」

おしのは、勘兵衛を見詰めた。

「旅に出るのか……」

勘兵衛は笑い掛けた。

おしのは、小さな吐息を洩らして鎌倉河岸の岸辺に佇《たたず》んだ。

「辛くなりましてね……」

おしのは、煌めく水面を眩しげに見詰めた。

「秀泉堂の喜助、お前の子供か……」

勘兵衛は、不意に斬り込んだ。

おしのは、微かな狼狽を過ぎらせた。だが、覚悟を決めたように微笑み、頷いた。

「はい……」

「やはりな。秀泉堂に養子に出したのか……」

勘兵衛は、己の睨みの正しさを知った。

「いいえ。私は養子に出したつもりなんてありません。でも、やはり盗人だった亭主が、私のお勤めの邪魔だと勝手に……」

「養子に出したのか……」

「はい。私は何処に養子に出したのか、誰に渡したのか、亭主を問い詰めました。ですが、亭主は教えてくれない内にお縄になり、獄門に……」

「それから、捜したのか……」

「はい。伝手《つて》を頼りに二年の間……」

「そして、子供が茶道具屋の秀泉堂にいるのが分かったのか……」

「はい。驚きました。秀泉堂なんて老舗の大店の養子になっていたなんて……」

「うむ……」

「子供はいろいろな人たちの手を渡り、子に恵まれずにいた秀泉堂の旦那さまとお内儀さまの許に落ち着いたそうです」

「秀泉堂の奥女中になったのは、二年前だと聞いたが……」

「一年間、台所の下働きをしていましてね」

「それからお内儀や喜助付きの奥女中になったのか……」

「はい。お内儀さまに気に入られて。旦那さまとお内儀さまはとても良い方でして、喜助を本当の子のように可愛がってくれていました。良かった。盗賊の子じゃあなく、老舗大店の子になって可愛がられているなんて。本当に良かった……」

おしのは、水面の煌めきを見詰めた。その眼に涙が溢れた。

「それで、奥女中として喜助を見守る事にしたのか……」

「はい。奥女中として喜助の世話が出来れば幸せだと思いました。そうして、二年が経ちました……」

おしのは、溢れた涙を拭った。

「で、今度の拐かしが起きたか……」

「必死でした。喜助を何とか無事に取り戻そうと必死でした。そして、旦那たちのお陰で喜助と私は秀泉堂に帰る事が出来ました。ですが、大喜びで喜助を抱き締める旦那さまやお内儀さまを見ている内に……」

おしのは、声を詰まらせた。

「実の母親として喜助を抱き締め、喜べない自分が辛くなったか……」

勘兵衛は、おしのの気持ちを読んだ。

「はい。そして、思いました……」

おしのは、怯えを滲ませて震えた。

「何を思ったのだ……」

勘兵衛は眉をひそめた。

「私が喜助を拐かしてしまうかもしれないと思ったんです……」

おしのは自分を恐れた。

喜助可愛さに、喜助の幸せを奪ってしまうかもしれない自分を恐れた。

拐かしは、おしのが必死に封印していた母としての心を蘇らせた。

喜助の幸せは守らなければならない……。

おしのは、自分に厳しく云い聞かせて茶道具屋『秀泉堂』を出た。

勘兵衛は、おしのの哀しみを知り、憐れまずにはいられなかった。

おしのは、岸辺にしゃがみ込んですすり泣いた。

勘兵衛は、言葉もなくおしのを見守った。

鎌倉河岸の水面は煌めき続けた。

「それで、おしの、旅立ちましたか……」

吉五郎は、小さな吐息を洩らした。

「うむ……」

勘兵衛は頷いた。

「このままでいたら、自分が喜助を拐かすかもしれませんか……」

丈吉は眉をひそめた。

「ああ……」

「おしのさん、辛かったでしょうね」

丈吉は、おしのに同情した。

「うむ……」

「じゃあ、お頭。この一件、これで終わりにしますか……」

吉五郎は尋ねた。

「ああ。幸いな事に秀泉堂の者たちは、私たちの事を一切知らぬ。ここは、知らぬ顔を決め込むのが一番だ」

勘兵衛は笑った。

根岸の里、時雨の岡に枯葉が舞い始め、石神井川用水のせせらぎには真っ赤な紅葉が流れた。

陽差しは日毎に弱くなり、勘兵衛と老黒猫は日溜りを惜しんだ。

第四話　妖怪の首

一

色鮮やかな落葉は、微風に吹かれて不忍池に舞い散っていた。

勘兵衛《かんべえ》は、おせいと池の畔《ほとり》の茶店の縁台に腰掛け、茶を飲みながら舞い散る落葉を眺めていた。

「秋も深まりましたねえ……」

おせいは、眼を細めて落葉の舞い散る不忍池を眺めた。

「うむ……」

勘兵衛は、不忍池の対岸を行く武家駕籠に気が付いた。

武家駕籠は供侍《ともざむらい》を従え、舞い散る落葉の中を行く。

勘兵衛は、茶を飲みながら眺めた。

武家駕籠は、下野国《しもつけのくに》喜連川《きつれがわ》藩の江戸上屋敷のある方に進んで行く。喜連川藩の江戸上屋敷の周辺には、大名家の江戸屋敷や旗本屋敷がある。武家駕籠は、おそらくそうした屋敷の何処《どこ》かに行くのだ。

勘兵衛は、舞い散る色とりどりの落葉越しに供侍を従えて行く武家駕籠を眺めた。

突然、男たちの怒号《どごう》があがった。

勘兵衛は眉をひそめた。

二人の若い武士が、供侍を従えて行く武家駕籠の一行に斬り込んだ。

供侍たちは武家駕籠を護《まも》り、二人の若い武士と激しく斬り結んだ。

「旦那……」

おせいは、緊張に声を震わせた。

「うむ。此処《ここ》にいろ」

勘兵衛は、おせいを茶店に残し、二人の若い武士と供侍が斬り合っている処《ところ》に急いだ。

落葉が音を立てて飛び散った。

二人の若い武士は、武家駕籠に迫ろうとしていた。しかし、供侍たちは強く、二人の若い武士を激しく斬り立てた。

二人の若い武士は、刀を煌《きら》めかせて必死に斬り結んだ。

若い武士の一人が袈裟懸《けさが》けに斬られ、血を振り撒いて倒れた。

武家駕籠から直綴《じきとつ》を着た坊主頭の老人が降り立ち、冷徹に事態を見守った。

「おのれ……」

残った若い武士が、絶望的な怒声をあげて坊主頭の老人に突進した。

供侍たちが、刀を振り翳《かざ》して若い武士に殺到した。

若い武士は斬られた。

血が飛び、絶叫があがった。

供侍たちに容赦はなかった。

若い武士は、血塗《ちまみ》れになって崩れた。

供侍たちは、刀を引いて囲みを解いた。

坊主頭の老人は、血塗れで倒れた二人の若い武士に嘲笑を浴びせ、武家駕籠に戻った。

武家駕籠は供侍たちに護られ、何事もなかったかのようにその場を立ち去った。

やって来た勘兵衛は、血塗れになって倒れている若い武士に駆け寄った。

若い武士は絶命していた。

勘兵衛は、残る若い武士の様子を見た。

若い武士は、既に死相を浮かべていたが微《かす》かに息をしていた。

「おい、しっかりしろ……」

若い武士は、死相の浮かんだ顔を苦しげに歪《ゆが》めた。

「お、おのれ、妖怪……」

若い武士は、嗄《しゃが》れた声を引《ひ》き攣《つ》らせた。

「妖怪……」

勘兵衛は眉をひそめた。

「これを、は、母に……」

若い武士は、懐《ふところ》から袱紗《ふくさ》包《づつ》みを出して勘兵衛に差し出した。

「母上は何処にいる……」

勘兵衛は尋ねた。

「波除稲荷《なみよけいなり》傍の稲荷長屋……」

若い武士は、嗄れた声を苦しげに震わせた。

息絶える時は近い。

「名は……」

勘兵衛は焦った。

次ぎの瞬間、若い武士は全身を引き攣らせて息絶えた。

勘兵衛は、小さな吐息を洩らした。

数人の武士と中間《ちゆうげん》たちが、喜連川藩江戸屋敷から出て来た。

面倒だ……。

勘兵衛は、渡された袱紗包みを懐に入れて、その場から足早に立ち去った。

二人の若い武士の死体に枯葉は舞い散った。


口入屋『恵比寿屋《えびすや》』の座敷には、一枚の紅葉《もみじ》が風に吹かれて舞い込んだ。

勘兵衛は、袱紗包みを解いた。

一通の書状が入っていた。書状の上書きには〝母上さまへ〟と書かれ、裏には〝真之介《しんのすけ》〟と書かれていた。

勘兵衛は、母親への手紙を己に託して息を引き取った若い武士の名が〝真之介〟だと知った。

「真之介か……」

「手紙、何て書いてあるんですか……」

おせいは、勘兵衛に茶を差し出しながら訊いた。

「封を開ける訳にはいかぬが、おそらく死を覚悟し、母親に先立つ不孝を詫びるものだろう……」

勘兵衛は、手紙の内容を推し量った。

「ええ。処《ところ》でお頭、妖怪ってのは……」

おせいは眉をひそめた。

「うむ。おそらく高家《こうけ》の六角寿翁《ろつかくじゆおう》……」

勘兵衛は、武家駕籠に乗っていた直綴を着た坊主頭の老人を思い浮かべた。

「高家……」

「うむ……」

高家とは、公儀の儀式、典礼、朝廷への使節などを司《つかさど》る役職であり、室町以来の二十六の名家が世襲している。

六角家はそうした高家の一つであり、他には大沢《おおさわ》、武田《たけだ》、畠山《はたけやま》、大友《おおとも》、吉良《きら》などと云う家があった。

「ああ。仮名手本《かなでほん》の高師直《こうのもろなお》ですか……」

おせいは、浄瑠璃《じようるり》の仮名手本忠臣蔵《かなでほんちゆうしんぐら》を知っていた。

「ま、そんな処だ……」

勘兵衛は苦笑した。

「その高家の六角寿翁がどうして妖怪なんですか……」

「そいつはな……」

六角寿翁は、高家であると共に将軍家御寵愛《ごちようあい》の側室《そくしつ》お愛《あい》の方の養父であり、隠然たる権勢を誇っていた。

寿翁の隠然たる権勢は、大名旗本家の弱味を握っては脅し、意のままに操る処から来ていた。大名旗本は、側室お愛の方を通じて将軍家に弱味を知られるのを恐れ、寿翁の云いなりになるしかなかった。

大名旗本は、そうした高家・六角寿翁を陰で〝妖怪〟と呼んだ。

「へえ。上さま御寵愛のお愛の方さまの養父なんですか……」

「養父と云っても、将軍家の好みの女を名ばかりの養女にして献上した女衒《ぜげん》だ」

勘兵衛は嘲笑した。

「真之介さん、そんな寿翁に恨みがあったんですね」

「うむ。そして恨みを晴らそうとして返り討ちにあったのであろう」

勘兵衛は、真之介を哀れんだ。

「どうするんですか、この手紙……」

「勿論《もちろん》、母親に届けるさ……」

勘兵衛は、手紙を袱紗に戻して懐に仕舞った。


八丁堀は、八丁に渡って開鑿《かいさく》された掘割であり、荷船が行き交っていた。

勘兵衛は、八丁堀の北岸を東の江戸湊《えどみなと》に進んだ。

鉄砲洲《てっぽうず》波除稲荷は、八丁堀と亀島川の流れが一緒になって江戸湊に続く処にある。

勘兵衛は、八丁堀に架かる稲荷橋を渡って波除稲荷の前に出た。

真之介の母親は、波除稲荷傍の稲荷長屋にいる。

波除稲荷は北に八丁堀の流れ、東に江戸湊と接しており、稲荷長屋は南に続く本湊町《ほんみなとちょう》にある筈だ。

勘兵衛は、波除稲荷近くの本湊町に稲荷長屋を探した。

稲荷長屋は直ぐに分かった。

勘兵衛は稲荷長屋を訪れ、井戸端に居合わせたおかみさんに尋ねた。

「浪人さんの家ですか……」

「うむ。真之介どのと申す若い方がいるのだが……」

「ああ、それなら奥の家ですよ」

おかみさんは、長屋の奥の家を示した。

勘兵衛はおかみさんに礼を云い、奥の家に向かった。そして、奥の家の腰高障子を静かに叩いた。

女の落ち着いた返事がして、初老の武家の妻女が腰高障子を開けた。

真之介の母親……。

勘兵衛は、初老の武家の妻女をそう睨《にら》んだ。

「どなたさまにございましょうか……」

「私は錏《しころ》勘兵衛。御子息は真之介どのと申されますな」

勘兵衛は、静かに尋ねた。

真之介の母親は、微かな動揺を滲《にじ》ませた。

「は、はい。真之介の母、村上静乃《むらかみしずの》にございます」

静乃は、微かな動揺を懸命に押し隠して勘兵衛を見詰めた。

静乃は、息子・真之介の死を覚悟している。

勘兵衛は気付いた。

「実は……」

「鉦さま、大変不躾《ぶしつけ》にはございますが、お話は波除稲荷で……」

静乃は、長屋の狭い家を嫌った。

「うむ……」

勘兵衛は頷《うなず》いた。


鉄砲洲波除稲荷の境内《けいだい》には潮騒《しおさい》が響き、江戸湊には何艘もの千石船《せんごくぶね》が錨《いかり》を降ろし、艀《はしけ》が行き交っていた。

静乃は、波除稲荷の境内に佇《たたず》んで眩《まぶ》しげに江戸湊を眺めた。

「鉦さま、真之介は死にましたか……」

静乃は、勘兵衛に背を向けたまま尋ねた。

「左様。大勢を相手に闘い……」

「して、首尾は……」

静乃は、勘兵衛を振り向いた。

「残念ながら……」

勘兵衛は眉をひそめた。

「そうですか……」

静乃は、息子の真之介が妖怪・六角寿翁に斬り込んだ事を知っている。

勘兵衛は睨んだ。

「で、私が偶々《たまたま》行き逢わせ、真之介どのにこれを母上に渡してくれと頼まれましてね。届けに参った」

勘兵衛は、静乃に袱紗に包んだ手紙を差し出した。

「これを……」

「左様……」

静乃は、勘兵衛の差し出した袱紗包みを受け取り、中の手紙をじっと見詰めた。

僅かな時が過ぎた。

静乃は、息子の真之介を思い出している。

勘兵衛は、静乃の気持ちに想いを馳《は》せた。

「わざわざありがとうございました」

静乃は、我に返ったように勘兵衛に向き直り、礼を述べた。

「いや。つかぬ事を伺《うかが》うが、真之介どのは何故、六角寿翁を……」

「お仕えしていたお殿さまの恨みを晴らす為にございます」

「殿さまとは……」

「一ヶ月前、お家を取り潰され、切腹をされた旗本五千石の阿部《あべ》采女《うねめ》正《のしょう》さまにございます」

静乃は告げた。

「そのお家の取り潰しと切腹、六角寿翁の所為《せい》なのですか……」

「左様《さよう》にございます……」

静乃は、微かな怒りを過《よ》ぎらせた。

「そうですか……」

村上真之介と朋輩《ほうばい》は、殿さまである阿部采女正の無念を晴らそうと、高家・六角寿翁を襲撃したのだ。

「錏さま、いろいろ御造作をお掛け致しました。これにて失礼致します」

「うむ……」

勘兵衛は頷いた。

静乃は、勘兵衛に深々と頭を下げて踵《きびす》を返した。

勘兵衛は見送った。

静乃は、勘兵衛に一滴の涙も見せなかった。だが、俯《うつむ》いて立ち去って行く静乃の背は、微かに震えた。

泣いている……。

勘兵衛は、静乃が泣いているのを知った。

我が子が死んで哀しまない親はいない。

静乃は、勘兵衛の前では武家の女として気丈《きじょう》に振る舞ったが、誰もいない処では子を失った只《ただ》の母親になって泣くのだ。

勘兵衛は、静乃の哀しみを思い知らされた。

鴎《かもめ》が甲高い鳴き声をあげ、鉄砲洲波除稲荷の空を舞い飛んだ。


「高家の六角寿翁ですか……」

吉五郎《きちごろう》は眉をひそめた。

「うむ。評判、聞いているか……」

勘兵衛は酒を飲んだ。

「そりゃあもう……」

吉五郎は苦笑した。

「妖怪の評判なら、あっしも聞いた事がありますよ」

丈吉《じょうきち》は、手酌《てじゃく》で酒を飲んだ。

「良い評判か、悪い評判か……」

「お頭、良い評判なんて滅多にありませんよ」

丈吉は笑った。

「それもそうだな……」

勘兵衛は苦笑した。

「で、あっしは何を……」

吉五郎は、勘兵衛の指示を仰いだ。

「そいつなのだが……」

勘兵衛は、玩具を見付けた子供のような笑みを浮かべた。

「旗本の阿部采女正、何を以《もっ》て妖怪の六角寿翁に脅されたのか。そして、何故にお家取り潰しになり腹を切ったのか。その辺りの仔細を探ってくれぬか……」

「承知……」

吉五郎は頷いた。

「で、あっしは……」

丈吉は、身を乗り出した。

「私と一緒に六角寿翁を探って貰う……」

勘兵衛は、厳しい面持《おもも》ちで告げた。

「妖怪ですか……」

丈吉は、微かな緊張を過ぎらせて猪口《ちょこ》を置いた。

「ああ。六角屋敷は下谷池之端《したやいけのはた》にある」

「下谷池之端って、村上真之介さんたちが妖怪を襲った処ですね」

丈吉は眉をひそめた。

「うむ。妖怪の六角寿翁の身辺と屋敷の様子。そして、大名旗本から強請《ゆす》り取った金を何処に置いてあるかだ……」

「じゃあ……」

丈吉は、楽しげな笑みを浮かべた。

「ああ。妖怪の上前《うわまえ》を撥《は》ねるのも面白い」

勘兵衛は、不敵に云い放った。

二

高家・六角寿翁の屋敷は、下谷池之端の喜連川藩江戸屋敷の奥にあった。

勘兵衛は、丈吉と共に隣り近所の武家屋敷の中間小者や六角屋敷出入りの商人に聞き込みを始めた。

吉五郎は、取り潰しになった旗本・阿部采女正の屋敷に奉公していた家来を捜した。

家来たちは、奉公先である阿部家が取り潰されて四散していた。

五千石取りの阿部家は、屋敷の敷地は三千坪程あり、家来は百人近くいた。

吉五郎は、四散して浪人した元家来たちを捜した。そして、捜し出した元家来で金に困窮している者を選んだ。

金に困った元家来が、浅草元鳥越町《もととりごえちょう》の長屋にいた。

元家来は、病に臥《ふ》せた妻の薬代に困っていた。

吉五郎は、浪人した元家来の小嶋甚兵衛《こじまじんべえ》を訪れた。

小嶋甚兵衛は、阿部家の勘定方《かんじょうかた》を勤めていた家来だ。

吉五郎は、小嶋甚兵衛を料理屋に招き、謝礼金を餌《えさ》にして六角寿翁の強請《ゆすり》の仔細《しさい》を尋ねた。

小嶋は、謝礼金と酒が欲しさに吉五郎の誘いに乗った。

「妖怪に握られた我が殿の弱味か……」

小嶋は、酒に唇を濡らした。

「ええ。切腹された阿部さまの弱味、ご存知なら教えて戴けませんか……」

吉五郎は、小嶋に酌をした。

「我が殿の弱味は、若君の洋之助《ようのすけ》さまだ」

小嶋は吐き棄てた。

「若君の洋之助さま……」

「ああ……」

小嶋は、腹立たしげに猪口の酒を呷《あお》った。

阿部采女正の嫡男・洋之助は、十五歳にして酒と女に溺れ、腰元《こしもと》を手込めにし、抗《あらが》う者を手討ちにした。采女正は、洋之助を阿部家に禍《わざわい》を及ぼす乱心者として廃嫡《はいちゃく》し、座敷牢に入れて世間から隔離した。洋之助に切腹をさせなかったのは、釆女正の父親として棄てきれない情だった。

妖怪・六角寿翁は、配下の探索組織を使ってその事実を探り出し、公儀に報されたくなければ一千両の金を出せと強請った。

阿部釆女正は、洋之助を我が手で討ち果たして六角寿翁の強請を躱《かわ》した。

出し抜かれた六角寿翁は怒り、将軍家に洋之助の乱行と釆女正の隠蔽《いんぺい》工作を巧みに吹き込んだ。

おのれ、お上を誑《たぶら》かさんとする痴《し》れ者《もの》……。

将軍家は激怒し、阿部家の断絶と当主・釆女正の切腹を命じたのだ。

小嶋は、阿部家の取り潰しと釆女正の切腹の経緯《いきさつ》を語り終え、酒をすすった。

「我が子の洋之助を手討ちにしても駄目でしたか……」

吉五郎は、釆女正に同情した。

「ああ。殿は洋之助を乱心者などとせず、早々に手討ちにすれば良かったのだ。さすれば、妖怪に弱味として付け込まれる事もなかったのに、まったく愚かな殿だ」

小嶋は、かつての主の釆女正を罵《ののし》った。

「それはそうですが、我が子となれば……」

吉五郎は、阿部采女正の父親としての気持ちを推し量った。

「何を申す。愚かな主父子を持った我ら家臣がどれ程、苦労し辛い思いをしているか……」

小嶋は遮《さえぎ》り、旧主を罵り続けた。

吉五郎は、主の無念を晴らそうとして死んだ村上真之介たちと小嶋甚兵衛の余りの違いに呆れた。

「では小嶋さま。当時、小嶋さまはお殿さまに若君をさっさと手討ちにするべきだと進言されたのですか……」

「進言。そのような事、云えばこっちが手討ちにされる……」

小嶋は、酔いの滲んだ眼に狡猾《こうかつ》さを過《よ》ぎらせた。

「所詮《しょせん》は御身大切、都合の悪い事には見ざる言わざる聞かざる。我が身が可愛いだけかい……」

吉五郎は、嘲《あざけ》りを浮かべて伝法《でんぽう》に云い放った。

「えっ……」

小嶋は戸惑った。

「昔は何もせず、今になって殿さまを悪し様《あざま》に罵るなんぞは、忠義の欠片《かけら》もねえ呆れ返った下司野郎《げすやろう》だ。いろいろ造作を掛けたな」

吉五郎は、飯台に一分金を放った。

一分金は、飯台に落ちて甲高い音を立てて弾み、土間に落ちた。

小嶋は、慌てて飯台の下に潜り込んで一分金を拾い、起き上がった。

吉五郎は、既に料理屋にはいなかった。

不忍池の畔の茶店の老婆は、店の表の落葉の掃除に余念がなかった。だが、落葉は老婆の掃除を嘲笑《あざわら》うかのように舞い散り続けた。

勘兵衛と丈吉は、茶店の縁台に腰掛けて茶を飲んでいた。

「六角屋敷の警護、かなり厳しいようだな」

勘兵衛は、不忍池の向こうに見える六角屋敷を眺めた。

「ええ。商人たちの出入りにも厳しく、裏門から台所迄《まで》しか立ち入るのは許されていないそうですぜ」

丈吉は眉をひそめた。

「六角寿翁、己が恨まれ、命を狙う者がいると心得ているようだ」

「はい。裏がそれなら表の警護はもっと厳しいんでしょうね」

「おそらくな……」

勘兵衛は頷いた。

「押し込み、難しそうですね」

「楽な押し込みなど滅多にない……」

勘兵衛は笑った。

「それで、お頭《かしら》の方は……」

「六角寿翁、大名旗本の弱味を探り出す組を作っているようだ」

「大名旗本の弱味を探る組ですか……」

「ああ……」

勘兵衛は頷き、茶をすすった。

「お頭……」

丈吉が、不忍池の向こうに見える六角屋敷を示した。

二人の武士が六角屋敷から現れ、不忍池の畔をやって来るのが見えた。

「妖怪の家来です。どうします……」

丈吉は眉をひそめた。

「私が追う。丈吉は六角寿翁の見張りを続けてくれ」
「承知……」
丈吉は頷いた。
勘兵衛は、茶店を出て向かい側の雑木林に入った。
二人の家来は、丈吉の残った茶店の前を通り、下谷広小路に向かった。
丈吉は、茶をすりながら見送った。
追った筈の勘兵衛の姿は、何処《どこ》にも見えなかった。
二人の家来は、下谷広小路の手前の道を曲がり、明神下の通りに進んだ。
勘兵衛は、塗笠を目深に被って二人の家来を尾行した。
二人の家来は、神田明神の境内に入った。
神田明神の境内は、参拝客で賑わっていた。
二人の家来は、拝殿の裏に廻り込んだ。
勘兵衛は追った。
二人の家来は、拝殿の裏に佇んでいた年増《としま》の武家女に近付いた。

勘兵衛は、木陰から見守った。

二人の家来は、年増の武家女と何事かを話し合った。

年増の武家女は何者なのだ……。

二人の家来は、大名旗本家の弱味を探り出す組の者なのかもしれない。そうだとしたなら、年増の武家女は大名旗本家と拘《かか》わりのある者であり、二人の家来は弱味を聞き出そうとしているのかもしれない。

勘兵衛は読んだ。

二人の家来と年増の武家女は、拝殿の裏から参道に向かった。

勘兵衛は尾行《つけ》た。

神田川には枯葉が流れていた。

年増の武家女は、昌平橋《しょうへいばし》の船着場に佇んだ。

二人の家来は、昌平橋の袂《たもと》から年増の武家女を見守った。

勘兵衛は見張った。

屋根船が、櫓《ろ》の軋《きし》みを響かせて神田川を遡《さかのぼ》って来た。

年増の武家女は、その屋根船が来るのを待っていた……。

勘兵衛は気付いた。

屋根船は、船着場に船縁《ふなべり》を寄せた。

年増の武家女は、屋根船の障子の内に声を掛けた。

屋根船の障子が開き、御高祖頭巾《おこそずきん》を被《かぶ》った武家娘が出て来た。

年増の武家女は、御高祖頭巾の武家娘を迎えて船着場から神田川沿いの道にあがった。

御高祖頭巾の武家娘は、様子から見て年増の武家女の主筋のようだ……。

勘兵衛は睨んだ。

御高祖頭巾の武家娘と年増の武家女は、昌平橋を足早に渡って八《や》ッ小路《こうじ》に立ち去った。

妖怪の二人の家来は、年増の武家女と御高祖頭巾の武家娘を見送って船着場に駆け下りた。そして、舳先《へさき》を廻そうとしていた屋根船に飛び乗り、障子の内から派手な羽織を着た若い男を引き摺り出した。

「き、菊之丞《きくのじょう》さん……」

屋根船の船頭は、唖然《あぜん》として立ち竦《すく》んだ。

菊之丞……。

派手な羽織の若い男は、菊之丞と云う役者なのだ。

勘兵衛は知った。

御高祖頭巾の武家娘は、屋根船で役者の菊之丞と逢引《あいび》きをしていたのだ。

年増の武家女は、御高祖頭巾の武家娘の侍女《じじょ》であり、屋根船での逢引きを終えて戻って来るのを待っていたのだ。

二人の家来は、役者の菊之丞を連れて神田川沿いの道にあがった。

役者の菊之丞は、泣き出さんばかりに顔を歪めて震えていた。

勘兵衛は、二人の家来の動きを読んだ。

二人の家来は、菊之丞を何処かに連れ去ろうとしていた。

菊之丞は、恐怖に激しく震えていた。

二人の家来は、御高祖頭巾の武家娘が役者の菊之丞と情を交わしている事実を摑《つか》もうとしている。

そうはさせるか……。

勘兵衛は、塗笠を目深に被り直して地を蹴り、二人の家来と菊之丞の許に走った。

二人の家来は、駆け寄る勘兵衛に気付いて振り返った。

勘兵衛は、二人の家来に抜き打ちの一刀を放った。
二人の家来は跳《と》び退《の》いた。
勘兵衛は、菊之丞を後ろ手に庇《かば》って立った。
「昼日中、町中での拐《かどわ》かしとは畏れいったぜ」
勘兵衛は嘲笑った。
「黙れ、邪魔するな」
家来の一人が、勘兵衛に斬り掛かった。
勘兵衛は打ち払った。
家来の一刀は、鋭く力強いものだった。
下手《へた》な手加減は命取り……。
勘兵衛は、猛然と踏み込んで鋭い一刀を閃《ひらめ》かせた。
家来の一人が、腕を斬られて刀を落した。
残る一人は怯《ひる》んだ。
「来い……」
勘兵衛は、役者の菊之丞を促して船着場に駆け下りた。
菊之丞は、慌てて勘兵衛に続いた。

船着場には屋根船が未だ止まっていた。

「船頭、船を出せ」

勘兵衛は、菊之丞を屋根船に乗せて船頭に命じた。

「へ、へい……」

船頭は、慌てて竿《さお》を取った。

「待て……」

二人の家来が、追って駆け下りて来た。

勘兵衛は、二人の家来を牽制《けんせい》して船着場を離れた屋根船に跳んだ。

「おのれ……」

二人の家来は、悔しく見送るしかなかった。

勘兵衛と菊之丞を乗せた屋根船は、神田川の流れに乗って下った。

菊之丞は、やはり芝居の役者だった。

「で、菊之丞、一緒に乗っていた御高祖頭巾の武家の娘は何処の誰だ」

「それは……」

菊之丞は、狼狽《うろた》えて言葉を濁した。

「菊之丞。所詮、お前も武家の娘も一時の遊び、妙な義理立ては寿命を縮める」

勘兵衛は笑い掛けた。

「は、はい……」

菊之丞は、己の置かれた立場を知って怯《おび》えた。怯えの中に微かな狡猾さも窺《うかが》えた。

「逢引きの相手の武家の娘は……」

勘兵衛は、菊之丞を厳しく見据えた。

「淡路坂《あわじざか》に御屋敷のあるお旗本、坂本主膳《さかもとしゅぜん》さまの御息女、千春《ちはる》さまにございます」

「旗本坂本主膳の娘の千春……」

「左様にございます」

「ならば、坂本家息女の千春は、お前を相手に役者遊びをして情を交わしているのだな」

勘兵衛は念を押した。

「は、はい。ですが、お侍さま、千春さまのお相手をしている役者は手前だけではございませぬ。兄弟子や朋輩が何人も。手前がお相手をしたのは今日で三度目。未だたった三度にございます」

菊之丞は、懸命に言い繕《つくろ》った。

「千春の役者遊び、そんなに凄いのか……」

勘兵衛は呆れた。

「はい。凄いと云うか、酷いと云うか。侍女の楓《かえで》さまも呆れ果てておりますよ」

菊之丞は、勘兵衛に迎合するように薄笑いを浮かべて告げた。

勘兵衛は、年増の武家女が侍女の楓だと知った。

妖怪・六角寿翁は、旗本坂本主膳の弱味を探れと配下に命じた。配下の者たちは、坂本主膳の身辺を探り、娘の千春の役者遊びの噂を知った。そして、侍女の楓を仲間に引き込み、千春の役者遊びの証拠を握り、坂本主膳から金を強請り取ろうと企《くわだ》てているのだ。

菊之丞を連れ去ろうとしたのは、千春の役者遊びの生き証人にする為なのだ。

勘兵衛は読んだ。

「そうか。良く分かった。菊之丞、お前を連れ去ろうとした者共は、これからもお前を狙う筈だ。命が惜しければ、暫《しばら》く姿を隠した方が良かろう」

勘兵衛は、厳しい面持ちで告げた。

「そ、そんな……」

菊之丞は、恐怖に震えた。

己の不始末は、己で始末するしかない……。

「船頭、竹町之渡《たけちょうのわたし》に着けてくれ」

勘兵衛は、恐怖に震える菊之丞を無視して船頭に命じた。

「へい。承知しました」

船頭は、屋根船の船足をあげた。

三

竹町之渡は大川に架かる吾妻橋の西詰、浅草材木町にあった。

勘兵衛は、屋根船を竹町之渡の船着場に着けさせて降りた。

屋根船は、菊之丞を乗せたまま大川を下り去った。

勘兵衛は見送った。

菊之丞がこれからどうするかは、勘兵衛の与り知《あずか》らぬ処《ところ》だ。

勘兵衛は、大川沿いの道を南にある駒形堂に向かった。

行燈《あんどん》の明かりは、仄《ほの》かに辺りを照らしていた。

勘兵衛は、駒形堂裏の小料理屋『桜《さくら》や』の座敷で吉五郎と酒を酌《く》み交わした。

吉五郎は、阿部家が取り潰され、当主の采女正が切腹した理由を勘兵衛に告げた。

「そうか……」

勘兵衛は、淡々と酒を飲んだ。

どうやら、阿部采女正に対する哀れみは持ち合わせていないようだ。

「他の妖怪に脅されたと噂のある者たちも五十歩百歩……」

「所詮は家中取締り不行届《ふゆきとど》き、身から出た錆《さび》か……」

「はい。妖怪に付け込まれる隙があり過ぎたって処ですか……」

吉五郎は、皮肉っぽく笑った。

「うむ。悪辣《あくらつ》な妖怪に間抜けな獲物。いずれにしても人の風上《かざかみ》に置いてはおけぬか……」

勘兵衛は、腹立たしげに猪口の酒を飲み干した。

「で、お頭の方は……」

吉五郎は、勘兵衛に酌をした。

「うむ。妖怪は今、旗本の坂本主膳の弱味を握ろうとしている」

「旗本の坂本主膳……」

吉五郎は眉をひそめた。

「淡路坂に屋敷がある三千石取りの旗本でな。かつては甲府勤番《こうふきんばん》支配だった」

「弱味、あるんですか……」

「ああ。娘が色好みでな。役者遊びが酷い」

「大身旗本の姫さまの役者遊びの御乱行。そいつは立派な弱味ですね……」

吉五郎は苦笑した。

「そいつが公儀や世間に知れると、坂本家は天下の笑い物。只《ただ》では済まぬ……」

「で、黙っていて欲しければ金を出せ、ですかい……」

「おそらくな……」

勘兵衛は頷いた。

「妖怪にしちゃあ、下世話《げせわ》な話ですね」

吉五郎は、少なからず呆れた。

「六角寿翁、妖怪などと気取っているが、その正体は質《たち》の悪い強請たかりの汚い悪党に過ぎぬ」

勘兵衛は冷徹に告げた。

「じゃあ……」

吉五郎は、笑みを浮かべて身を乗り出した。

「うむ。六角屋敷に押し込み、汚い悪党の上前を撥《は》ねる」

「強請たかりで脅し取った金、かなりあるんでしょうね」

「だろうが、押し込んで撥ねる上前は金だけではない……」

勘兵衛は嘲笑った。

「お頭……」

吉五郎は戸惑った。

「撥ねる上前は、妖怪を気取る悪党の薄汚い首も一緒だ」

勘兵衛は、不敵に云い放った。

夜廻りの木戸番の打つ拍子木《ひょうしぎ》が、夜空に甲高く鳴り渡った。


不忍池の水面は、色とりどりの落葉に覆《おお》われていた。

勘兵衛、吉五郎、丈吉は、不忍池の畔の茶店の小部屋を借りて六角屋敷を見張った。

六角屋敷は静寂に包まれ、家来たちが出入りしていた。

「お客さんが来たよ」

茶店の老婆が、小部屋の戸口に顔を出した。

「お待たせしました」

おせいは勘兵衛たちに会釈をし、茶店の老婆を振り返った。

「お婆さん、これは船橋屋《ふなばしや》の羊羹《ようかん》。召し上がって下さいな」

おせいは、老婆に手土産《てみやげ》の羊羹を渡した。

「あらまあ、済まないねえ。ゆっくりしていっておくれ」

老婆は、嬉しげに相好《そうごう》を崩した。

「ありがとうございます。じゃあ、お邪魔しますよ」

おせいは、小部屋に入って来た。

「相変わらず、如才《じょさい》がないねえ」

吉五郎は感心した。

「親方、他人様《ひとさま》に取り入るのも仕事ですよ」

おせいは笑った。

「で、首尾は……」

勘兵衛は尋ねた。

「上々ですよ。六角屋敷から下男を一人、頼まれていた口入屋がありましてね。譲り受けて来ましたよ」

「そうか……」

「じゃあ、あっしが潜り込んで屋敷の警護をじっくりと見定めてきますぜ」

丈吉は、身を乗り出した。

「頼むぞ」

勘兵衛は頷いた。


六角屋敷の警護は厳しかった。

丈吉は、六角屋敷の下男として働きながら屋敷の警護態勢を探り始めた。

高家六角家は四千五百石取りの旗本であり、千五百坪程の敷地には表と奥の御殿、侍長屋、土蔵などがあった。

六角寿翁は、近習頭《きんじゅがしら》の加納兵部《かのうひょうぶ》に屋敷の警護と大名旗本家の弱味の探索を任せていた。

丈吉は、新顔の下男として屋敷の内外の掃除を命じられた。

加納兵部は、主の六角寿翁の命を狙う者を警戒し、表門内、前庭、表と奥の御殿、奥庭、裏門などの要所の警護を厳しくしていた。

丈吉は、屋敷内の掃除をしながら忍び口を探し、強請り取った金の在処《ありか》を探った。

強請り取った金は、寿翁が暮らしている奥御殿の何処かに隠されている。

丈吉は睨んだ。

だが、土塀で囲まれた奥御殿の掃除は丈吉の仕事ではなく、入り込んで探る事は出来なかった。

金の在処はともかく、六角寿翁の寝所《しんじょ》だけでも突き止めなければならない。

丈吉は、奥御殿を探る手立てを思案した。

忍び込むにしても、奥御殿の警護態勢が分からない限りは危険過ぎる。

どうする……。

丈吉は、思案を巡らせて一つの手立てに辿り着いた。

それしかない……。

丈吉は決めた。

夜、六角屋敷内の警護の要所には篝火《かがりび》が焚《た》かれ、家来たちが交代で見張りと見廻りをしていた。

真夜中、丈吉は下男たちが眠るのを待って厠《かわや》に向かった。そして、奥御殿を囲む土塀の上に潜み、奥庭を窺った。

奥御殿の庭の外れには篝火が焚かれ、見張りの家来たちがいた。

奥御殿の連なる座敷は、既に明かりも消えていた。

丈吉は、懐から小さな火薬玉を出して篝火に投げ込んだ。

火薬玉は炎を大きく躍らせて破裂し、火の粉を飛ばして篝火を倒した。

倒れた篝火は、奥庭に炎を広げた。

「か、火事だ……」

見張りの家来たちは驚き、慌てて火を消そうとした。だが、火は消えず、奥庭に散っていた落葉に燃え広がった。

「火事だ。水を持って来い。火事だ……」

見張りの家来たちは叫び、水を取りに走った。

丈吉は土塀の屋根を飛び降り、暗がりに身を潜めた。

侍長屋や中間長屋から出て来た者たちが、火消し道具や手桶《ておけ》を持って奥御殿の木戸門に向かって走った。
丈吉は、そうした者たちに紛《まぎ》れ込んで奥御殿の木戸門を潜った。
篝火の火は火薬玉の所為《せい》で燃え広がり、容易に消えなかった。
家来と中間たちは燃え広がる火を叩き、水を掛けて懸命に消した。
丈吉は、一緒に火を消しながら奥御殿の濡縁《ぬれえん》を窺った。
寝間着姿の坊主頭の老人が、近習頭の加納兵部たちと険しい面持ちで見守っていた。
妖怪の六角寿翁……。
丈吉は見定め、火事場を離れて寿翁の動きを見張った。
火勢は僅かに衰えた。
加納は、寿翁に何事かを囁《ささや》いた。
寿翁は頷き、宿直《とのい》の家来たちを従えて奥御殿の廊下に入った。
寝所に戻る……。
丈吉は、奥御殿の縁の下に潜り込んで寿翁と宿直の家来たちを追った。

寿翁は、表御殿から奥御殿に入った処にある座敷に入った。

寿翁の寝所……。

丈吉は見届けた。そして、寝所の周囲を探った。

寝所の周囲には、宿直の家来たちが詰めた。

寿翁は、宿直の家来たちに囲まれて眠りに就《つ》く。

奥庭の騒《ざわ》めきが収まり始めた。

これ迄だ……。

丈吉は、奥御殿の縁の下を奥庭に急いで戻った。


奥庭の火事は消え始めていた。

家来や中間たちは、加納の采配で最後の消火をしていた。

丈吉は、燃え残った落葉などを掃き集めて念入りに水を掛けた。

「もう大丈夫だろう」

家来が丈吉に告げた。

「そう思いますが、念には念を入れませんと、何なら手前が朝迄見張りましょうか……」

火事の跡を朝迄見張るとなれば、奥御殿を探るのも容易になり、金の在処を突き止められるかもしれない。

丈吉は、徹夜での火事場跡の見張りを志願した。

「それには及ばぬ。奥庭には見張りがいる」

丈吉は、背後からの声に振り返った。

加納兵部がいた。

「は、はい……」

丈吉は、微かな緊張を覚えた。

「その方、見掛けぬ顔だな……」

加納は、丈吉を見据えた。

「三日前に御奉公にあがった下男にございます」

丈吉は、慌てて片膝をついて頭を下げた。

「そうか、御苦労だったな。もう引き取るが良い……」

「はい。では、御無礼致します」

丈吉は、深々と頭を下げて奥庭の木戸門に向かった。

加納は、丈吉を見送った。

丈吉は、加納の視線を背中に感じながら奥庭を出た。

六角寿翁の寝所は突き止めた。

丈吉は、表御殿脇の下男部屋に戻り、仲間たちと火事に対する感想を述べ合って眠りに就いた。

火事騒ぎを起こしての奥御殿潜入は、どうにか上手《うま》くいった。

丈吉は、漸《ようや》く突き止めた寿翁の寝所の場所を思い起こした。

近習頭の加納兵部は、奥庭の見張りをしていた家来の組頭を呼び、火事になった経緯を尋ねた。

「それが、篝火が不意に大きく燃え上がって倒れ、火が落葉に燃え広がったものかと……」

組頭は、火事に責めを感じて無念さを滲ませた。

「篝火が不意に大きく燃え上がったか……」

加納は眉をひそめた。

「はい……」

「その時、何か臭いはしなかったか……」

「臭いですか……」

組頭は戸惑った。

「うむ……」

「さあ、別に感じませんでしたが……」

組頭は首を捻《ひね》った。

火薬の臭いはしなかったか……。

加納は、篝火が火薬で細工をされたと読んでいた。だが、組頭は火薬の臭いを感じてはいなかった。

「よし、分かった。引き続き警護を怠るな」

加納は命じた。

「心得ました」

組頭は、咎《とが》められず済んだのに微かな安堵を過《よ》ぎらせ、見張り場所に戻って行った。

何者かが、何かを企てているのかもしれない……。

加納は、奥庭の闇を見廻した。

闇の奥に浮かぶものは何もなかった。

落葉は舞い散り続けた。
丈吉は、六角屋敷内と周囲の掃除に忙しかった。
不忍池を吹き抜ける風は、秋の冷たさを増していた。
丈吉は、落葉を掃き集めていた。
不忍池を眺めていた白髪頭の老人が、丈吉を振り返って会釈をした。
吉五郎だった。
丈吉は、会釈を返して落葉を掃き集めて裏門に戻った。
吉五郎は、掃き集められた落葉の中から結び文を拾い出して立ち去った。
丈吉は、空き俵を持って裏門から来た。
不忍池の畔を去って行く吉五郎が見えた。
丈吉は、掃き集めた落葉を空き俵に入れ始めた。

結び文には、金の在処は分からないが、寿翁の寝所を突き止めた事と絵図面が書き記されていた。

「六角屋敷の警護、睨んだ通り厳しいようですね」

吉五郎は眉をひそめた。

「奥御殿の警護は格別にな……」

勘兵衛は頷いた。

「ええ。丈吉も手を焼いているようです」

「ああ。寿翁の寝所を突き止めただけでも上出来だ」

「はい……」

「後は私がやる。丈吉に無理は禁物、六角屋敷で下男仕事を続けるように伝えてくれ」

「承知しましたが、近習頭の加納兵部が気になりますね」

吉五郎は、不安を過ぎらせた。

「どんな奴なのか、逢うのが楽しみだ……」

勘兵衛は不敵に笑った。

四

六角屋敷の警護と見廻りは、火事騒ぎの後も変わらなかった。

丈吉は、屋敷内外の掃除や雑用に忙しく働きながら六角寿翁の動きを見張った。

六角寿翁は、時々養女である上様御寵愛のお愛の方の御機嫌伺いに登城していた。おそらくその時、寿翁は上様にも逢い、様々な話をするのだ。

様々な話には、強請に応じない大名旗本家の弱味に拘わる事もあった。寧《むし》ろそれが狙いで登城していると云える。

丈吉は、奥御殿に忍び込んで金の在処を突き止めたかった。

だが、勘兵衛の言付けを思い出し、何とか自制していた。

無理は禁物……。

奥庭の火事騒ぎの後、取立てて不審な事は起きてはいない。

近習頭の加納兵部は、火事騒ぎの後の警護を変えなかった。

何者かが何かを企てているのなら、何かが起こる……。

加納兵部は待った。

だが、何かが起こる事はなかった。

警戒し過ぎたのかもしれぬ……。

加納兵部は苦笑した。

押し込みは今夜、丑《うし》の刻八つ（午前二時）……。

勘兵衛は、六角寿翁が屋敷にいる夜を確かめて、押し込む時を決めた。

報《しら》せを受けた丈吉は、緊張して丑の刻八つになるのを待った。


丑の刻八つ。

六角屋敷の要所には篝火が焚かれ、家来たちが見張りと見廻りを続けていた。

裏門の屋根から飛び降りた人影は、屋敷内の厩《うまや》脇の植込みの陰に潜んだ。

人影は、錏頭巾《しころずきん》と忍び装束に身を固めた勘兵衛だった。

勘兵衛は、龕燈《がんどう》を持った見廻りの家来たちを遣り過ごした。そして、丈吉が描いた屋敷内の見取図を思い出し、暗がり伝いに奥御殿に走った。

奥御殿は土塀に囲まれている。

勘兵衛は、地を蹴って土塀の上に跳び上がり、伏せた。

奥庭の端には篝火が焚かれ、家来たちが見張りに就いていた。

奥御殿の連なる座敷は暗く、人のいる気配は感じられなかった。

勘兵衛は、土塀沿いの暗がりを伝って奥御殿に近付いた。そして、見張りの家来たちの眼を盗んで濡縁にあがり、暗い座敷に素早く忍び込んだ。

暗い座敷に潜んだ勘兵衛は、人のいないのを見定めて天井の隅の鴨居に跳んだ。

鴨居を足場にした勘兵衛は、天井板を外して天井裏に潜り込んだ。

勘兵衛は、天井裏の闇を透かし見た。

天井裏には太い桁《けた》と梁《はり》があり、鳴子《なるこ》が縦横に巡らされていた。

勘兵衛は、頭に叩き込んだ丈吉の見取図を思い出し、鳴子を躱しながら梁伝いに寿翁の寝所に向かった。

寿翁の寝所は、表御殿から奥御殿に入った処にあり、宿直の家来たちに囲まれている。

勘兵衛は、梁に脚を絡ませて逆さにぶら下がり、小さな坪錐《つぼきり》で天井板に穴を開けて下の座敷を覗いた。

座敷の燭台《しょくだい》には明かりが灯され、二人の家来が宿直をしていた。

宿直の家来がいるのは、隣りの座敷が寿翁の寝所の証《あかし》だ。

丈吉の報せによれば、宿直の家来は寿翁の寝所の周囲に四人いるとされていた。
勘兵衛は、梁伝いに寿翁の寝所の上に進んだ。そして、天井板に穴を開けて覗いた。
有明行燈《ありあけあんどん》が灯され、老人の苦しげな濁《にご》った鼾《いびき》が聞こえた。
妖怪の六角寿翁……。
勘兵衛は見定めた。だが、直ぐには動かず、梁に蹲《うずくま》って時を過ごした。
勘兵衛は慎重だった。
奥御殿の大屋根は、月明かりを浴びて蒼白く輝いていた。
丈吉は、下男小屋と作事《さくじ》小屋の間にある厠から眺めた。
お頭は、もう奥御殿の何処かに忍び込んでいる筈だ……。
丈吉は、厠を出て手水場《ちょうずば》の下に何もないのを確かめた。
四半刻が過ぎた。
天井裏や座敷に異変はなく、寿翁の濁った鼾にも変化は窺えなかった。

よし……。

勘兵衛は見極め、座敷の隅の天井板を外した。

有明行燈は仄《ほの》かに浮かんでいた。

六角寿翁は、鼾を掻《か》いて眠り込んでいる。

勘兵衛が、天井から音もなく飛び降りて座敷の隅に蹲った。

寿翁の鼾は続き、次の間にいる宿直の家来たちにも動く気配は感じられない。

勘兵衛は、寿翁の枕元に忍び寄った。

寿翁は眠り続けた。

勘兵衛は、寿翁の口を塞《ふさ》いだ。

寿翁は、眠ったまま苦しくもがいた。

勘兵衛は、寿翁の口を塞ぎ続けた。

寿翁は眼を覚ました。そして、錏頭巾を被った勘兵衛に気付き、眼を瞠《みは》って跳ね起きようとした。

勘兵衛は許さず、素早く寿翁に馬乗りになって押え付けた。

寿翁は、身動きを封じられ、必死に口を塞ぐ手を振り払おうとした。だが、勘兵衛の手は寿翁の口を塞ぎ、外れる事はなかった。

寿翁は、恐怖に衝《つ》き上げられた。

「金は何処だ……」

勘兵衛は、嘲りを滲ませて囁いた。

寿翁は、怯えの浮かんだ眼を僅かに動かした。

勘兵衛は、寿翁の視線の先を追った。

そこには違い棚があった。

金は違い棚……。

勘兵衛は苦笑し、寿翁を無造作に当て落した。

寿翁は、呻《うめ》きもせずに気を失った。

勘兵衛は、違い棚を調べた。そして、戸棚に仕舞ってあった手文庫に気付いた。

手文庫は重かった。

勘兵衛は、手文庫の蓋を開けた。

手文庫には十個の切り餅、二百五十両が入っていた。

二百五十両で充分……。

勘兵衛は、十個の切り餅を革袋に入れて背中に背負った。
寿翁は、意識を失ったままだった。
勘兵衛は見据えた。
六角寿翁は、坊主頭を濡れたように光らせて、皺《しわ》だらけの口元から涎《よだれ》を流していた。
薄汚い金の亡者の爺……。
勘兵衛は、嘲りを過ぎらせて忍び刀を抜き払った。
忍び刀は、有明行燈の仄かな明かりを受けて鈍色《にびいろ》に輝いた。
微かな物音がした。
宿直の家来は、居眠りから目覚めて寿翁の寝所の様子を窺った。
寿翁の鼾は途切れていた。
「おい……」
家来は、居眠りをしている宿直仲間を起こした。
「どうした……」
宿直仲間は眠い眼を擦《こす》った。

「殿の鼾がしない……」

「鼾などしない時もある……」

宿直仲間は、欠伸《あくび》を嚙み殺した。

「それはそうだが……」

家来は、迷った挙《あ》げ句《く》に襖を僅かに開けて寝所を覗いた。

微かに血の臭いが漂った。

「血の臭いだ……」

家来は戸惑った。

「なに……」

宿直仲間が驚き、寝所の襖を開けた。

蒲団の上には、六角寿堂の身体が投げ出されており、肩の上には血溜りが出来ているだけで首はなかった。

「と、殿……」

家来たちは、首のない寿翁の死体に仰天した。

「出会え。出会え、曲者《くせもの》だ。出会え……」

家来たちは、血相を変えて叫んだ。

空の手文庫の中には、眠り猫の絵柄の千社札が残されていた。

奥御殿に怒声があがった。

奥庭の見張りと見廻りの家来たちは、慌てて寿翁の寝所に向かった。

勘兵衛は、奥御殿の座敷に潜んで家来たちを遣り過ごし、暗がり伝いに土塀に走って一気に跳んだ。そして、土塀の上に伏せて奥御殿の外を見渡した。

侍長屋で寝ていた家来たちが、奥御殿の木戸門に猛然と走って行った。

勘兵衛は、家来たちが通り過ぎるのを待って土塀から飛び降り、下男小屋や作事小屋の暗がりに走った。

下男小屋と作事小屋の間には、厠と手水場があった。

勘兵衛は、切り餅の入った革袋と寿翁の首を入れた革袋を手水場の下に押し込んだ。

寿翁の首を入れた革袋からは、血の臭いが漂った。

下男たちは眼を覚まし、奥御殿の騒ぎに身を縮めた。

お頭が押し込み、寿翁の首を盗った……。

丈吉は睨んだ。
「ちょいと様子を見てくるぜ……」
丈吉は、下男小屋を出て厠に向かった。
厠の手水場の下には、二つの革袋が隠されていた。
打ち合わせ通りだ……。
丈吉は笑った。

身軽になった勘兵衛は、厠と手水場から忍び込んだ裏門に走った。
傍らの厩から裏門の屋根に飛び、屋敷の外に逃げる……。
勘兵衛は、退き口をそう決めていた。
裏門の見張りの家来たちは、既に奥御殿に駆け付けていて警護は手薄な筈だ。
勘兵衛は、奥御殿での騒《ざわ》めきを聞きながら厩に走った。
人影が、不意に行く手に現れた。
勘兵衛は、咄嗟《とっさ》に闇に潜んだ。
何者だ……。
勘兵衛は、不意に現れた人影を窺った。

人影は、闇に潜んだ勘兵衛を見据えた。

近習頭の加納兵部……。

勘兵衛の直感が囁いた。

加納兵部と思われる人影は、闇に潜んでいる勘兵衛に向かって進んだ。

そこには迷いや躊躇《ためら》いはなかった。

面白い……。

勘兵衛は闇を出た。

人影は、一定の間合いを取って勘兵衛に対峙《たいじ》した。

「何者だ……」

「眠り猫……」

「眠り猫だと……」

「左様、加納兵部か……」

「如何《いか》にも……」

人影は、直感通り近習頭の加納兵部だった。

「殿の首、返して貰おう」

「妖怪を気取る強請たかりの小悪党。その薄汚い首、天下に晒《さら》してくれる」

「そうはさせぬ。小悪党でも主は主。忠義を尽くすのが武士……」

「加納、本当にそう思っているのか……」

「黙れ……」

加納は、淋しげな笑みを浮かべて刀の鯉口《こいぐち》を切り、勘兵衛に向かって踏み出した。

これ迄……。

勘兵衛は地を蹴った。

加納は、勘兵衛に向かって走った。

勘兵衛と加納は、擦れ違い態《ざま》に抜き打ちの一刀を放ち合った。

刀の煌めきが瞬《また》いた。

勘兵衛と加納は交錯した。

加納は蹈鞴《たたら》を踏んで立ち止まり、夜空を仰いだ。

勘兵衛は駆け抜けた。

加納は、夜空を仰いだまま深々と吐息を洩らした。

その手から刀が落ちた。

刀は、地面に落ちて音を鳴らした。

刹那《せつな》、加納の首の血脈から血が噴き出した。

勘兵衛は、裏門の屋根から外の路地に飛び降りた。

斬られた脇腹に痛みが走った。

勘兵衛は、斬られた忍び装束に手を入れて脇腹の傷を探った。

傷は浅い……。

勘兵衛は見極め、裏門の外の路地を窺った。

人気《ひとけ》はない……。

勘兵衛は、闇の奥に走り去った。

六角屋敷の騒ぎは続いた。


高家・六角寿翁の醜い首は、日本橋の高札場《こうさつば》に晒された。

世間の人々は、醜い老人の首が妖怪と噂されている高家・六角寿翁と知って驚き、囁き合っては嘲笑った。

北町奉行所は寿翁の首を直ぐに収容し、六角屋敷に報せた。

六角屋敷は混乱していた。

盗賊の眠り猫が押し込み、寿翁の首と手許金の二百五十両を奪った。

盗賊に押し込まれ、主を殺されて金を奪われたのは武家の恥辱《ちじょく》であり、家の取り潰しは免れない。だが、高家・六角家は上様御愛妾のお愛の方の養家なのだ。下手に探索をすれば、禍に巻き込まれる恐れがある。

北町奉行は、事情を知って配下に手を引くように命じた。そこには、上様御愛妾のお愛の方への気遣いと、己の身の保身があった。

それは、北町奉行だけではなく、旗本の支配が役目の目付《めつけ》や若年寄《わかどしより》たちも同じだった。

公儀は、六角寿翁の死を闇に葬《ほうむ》った。しかし、日本橋の高札場に晒された寿翁の首を見た者は大勢いる。

人の口に戸は立てられず……。

噂は、公儀の思惑に拘わらず江戸の町に広がり続けた。

公儀は、何の手も打たずに噂が下火になるのを待った。

そこには、高家・六角寿翁が大名旗本家の弱味を握って強請たかりを働き、妖怪と呼ばれていた事実が潜んでいる。

寿翁が首を獲《と》られ、密かに安堵した大名旗本は大勢いるのだ。

盗賊の眠り猫を追って騒ぎ立てれば、思わぬ処が綻《ほころ》んで噂の傷を広げるばかりだ。

公儀は、主を殺された高家・六角家を減知《げんち》し、家督を嫡男に継がせて閉門蟄居《へいもんちっきょ》の沙汰《さた》を下した。

勘兵衛は、吉五郎、おせい、丈吉に切り餅二個、五十両ずつのお勤め代を渡した。

六角屋敷の厠の手水場に隠した金と寿翁の首は、騒ぎが一段落した後、丈吉が難なく持ち出した。

奪った金を押し込んだ屋敷に隠して身軽になって逃げ、後から取りに行くのも勘兵衛流極意の一つだ。

「それにしてもお頭、寿翁に脅されていた大名旗本、ほっとしたでしょうね」

「おそらくな……」

「眠り猫、様々ですね……」

丈吉は笑った。

「いいや。所詮、盗人が強請屋の上前を撥ねただけ、悪党同士の汚い遣り取り。

他人様に誉められるものでも、誇れるものでもない。世の中から悪党が一人減っただけだ……」

勘兵衛は、自嘲の笑いを洩らした。

時雨《しぐれ》の岡《おか》に遊ぶ子供たちの声は途絶え、御行《おぎょう》の松《まつ》は秋風に揺れていた。

石神井川用水《しゃくじいがわ》には、舞い散った色とりどりの落葉が流れた。

勘兵衛と老黒猫は、黒猫庵《くろねこあん》の広い縁側で日毎に短くなる日溜りを楽しんでいた。

根岸《ねぎし》の里には、掃き集めた落葉を燃やす煙りが棚引《たなび》いていた。

秋は静かに深まっていく……。

この作品は双葉文庫のために書き下ろされました。

双葉文庫

ふ-16-22

日溜《ひだま》り勘兵衛《かんべえ》 極意帖《ごくいちょう》

仕掛《しか》け蔵《ぐら》

2014年5月18日　第1刷発行

【著者】
藤井邦夫《ふじいくにお》

【発行者】
赤坂了生

【発行所】
株式会社双葉社
〒162-8540 東京都新宿区東五軒町3番28号
［電話］03-5261-4818(営業)　03-5261-4833(編集)
www.futabasha.co.jp
(双葉社の書籍・コミックが買えます)

【印刷所】
株式会社亨有堂印刷所

【製本所】
株式会社若林製本工場

【表紙・扉絵】南伸坊
【フォーマット・デザイン】日下潤一
【フォーマットデジタル印字】飯塚隆士

落丁・乱丁の場合は送料双葉社負担でお取り替えいたします。
「製作部」宛にお送りください。
ただし、古書店で購入したものについてはお取り替えできません。
［電話］03-5261-4822(製作部)

定価はカバーに表示してあります。

ISBN978-4-575-66667-0 C0193
Printed in Japan

藤井邦夫

知らぬが半兵衛手控帖
姿見橋

長編時代小説〈書き下ろし〉

「世の中には知らん顔をした方が良いことがある」と嘯く、北町奉行所臨時廻り同心白縫半兵衛が見せる人情裁き。シリーズ第一弾。

藤井邦夫

知らぬが半兵衛手控帖
投《な》げ文《ぶみ》

長編時代小説〈書き下ろし〉

かどわかされた呉服商の行方を追ううちに浮かび上がる身内の思惑。北町奉行所臨時廻り同心白縫半兵衛が見せる人情裁き。シリーズ第二弾。

藤井邦夫

知らぬが半兵衛手控帖
半《はん》化《げ》粧《しょう》

長編時代小説〈書き下ろし〉

鎌倉河岸で大工の留吉を殺したのは、手練れの辻斬りと思われた。探索を命じられた半兵衛の前に女が現れる。好評シリーズ第三弾。

藤井邦夫

知らぬが半兵衛手控帖
辻斬り

長編時代小説〈書き下ろし〉

神田三河町で金貸しの夫婦が殺され、自供をもとに取り立て屋のおときが捕縛されたが、不審なものを感じた半兵衛は……。シリーズ第四弾。

藤井邦夫

知らぬが半兵衛手控帖
乱れ華《ばな》

長編時代小説〈書き下ろし〉

凶賊・土蜘蛛の儀平に裏をかかれた北町奉行所臨時廻り同心・白縫半兵衛は内通者がいると睨んで一か八かの賭けに出る。シリーズ第五弾。

藤井邦夫

知らぬが半兵衛手控帖
通《かよ》い妻

長編時代小説〈書き下ろし〉

瀬戸物屋の主が何者かに殺された。目撃証言から、ある女に目星をつけた半兵衛だったが、その女は訳ありの様子で……。シリーズ第六弾。

藤井邦夫

知らぬが半兵衛手控帖
籠《かご》の鳥

長編時代小説〈書き下ろし〉

北町奉行所臨時廻り同心の白縫半兵衛は、鎌倉河岸近くで身投げしようとしていた女を助けたのだが……。好評シリーズ第七弾。

藤井邦夫

離縁状

知らぬが半兵衛手控帖　長編時代小説〈書き下ろし〉

音羽に店を構える玩具屋の娘が殺された。白縫半兵衛は探索にかかるが、事件は思いもよらぬ方へころがりはじめる。好評シリーズ第八弾。

藤井邦夫

捕違《とりちが》い

知らぬが半兵衛手控帖　長編時代小説〈書き下ろし〉

本所竪川沿いの空き家から火の手があがり、付近で酔いつぶれていた男が付け火の罪で捕縛されたのだが……。好評シリーズ第九弾。

藤井邦夫

無縁坂

知らぬが半兵衛手控帖　長編時代小説〈書き下ろし〉

北町奉行所与力・松岡兵庫の妻女が行方知れずになった。捜索に乗り出した半兵衛の前に浪人者の影がちらつき始める。好評シリーズ第十弾。

藤井邦夫

雪見酒

知らぬが半兵衛手控帖　長編時代小説〈書き下ろし〉

大身旗本の本多家を逐電した女中探しを命じられ、不承不承探索を始めた白縫半兵衛だったが、本多家の用人の話に不審を抱く。

藤井邦夫

迷い猫

知らぬが半兵衛手控帖　長編時代小説〈書き下ろし〉

行方知れずだった鍵役同心が死体で発見された。遺体を検分した同心白縫半兵衛は、着物の裾から猫の爪を発見する。シリーズ第十二弾。

藤井邦夫

秋日和

知らぬが半兵衛手控帖　長編時代小説〈書き下ろし〉

赤坂御門傍の溜池脇で男が滅多刺しにされて殺された。半兵衛は、男が昔、中村座の大部屋役者をしていた女衒の栄吉だと突き止める。

藤井邦夫

詫び状

知らぬが半兵衛手控帖　長編時代小説〈書き下ろし〉

白昼、泥酔し刀を振りかざした浅葱裏を一刀のもとに斬り倒した浪人がいた。半兵衛は、田宮流抜刀術の同門とおぼしき男に興味を抱く。

藤井邦夫

知らぬが半兵衛手控帖

五月雨

長編時代小説〈書き下ろし〉

行方知れずの大店の主・宗右衛門がみすぼらしい人足姿で発見された。白縫半兵衛らは記憶を失った宗右衛門が辿った足取りを追い始める。

藤井邦夫

知らぬが半兵衛手控帖

渡り鳥

長編時代小説〈書き下ろし〉

阿片の抜け荷を探索していた北町奉行所隠密廻り同心が姿を消した。臨時廻り同心白縫半兵衛は、深川の廻船問屋に疑いの目を向ける。

藤井邦夫

知らぬが半兵衛手控帖

夕映え

長編時代小説〈書き下ろし〉

大工の佐吉が年老いた母親とともに姿を消した。惚けた老婆と親孝行の倅の身を案じた同心白縫半兵衛が、二人の足取りを追いはじめる。

藤井邦夫

知らぬが半兵衛手控帖

主殺し《しゅうごろ》

長編時代小説〈書き下ろし〉

日本橋の高札場に置き去りにされた子供を見つけ、その子の長屋を訪ねた白縫半兵衛は、蒲団の中で腹を刺されて倒れている男を発見する。

藤井邦夫

知らぬが半兵衛手控帖

忘れ雪

長編時代小説〈書き下ろし〉

八丁堀の同心組屋敷に、まだ幼い少年が白縫半兵衛を頼ってきた。少年の体に無数の青痣を見つけた半兵衛は、少年の母親を捜しはじめる。

藤井邦夫

知らぬが半兵衛手控帖

夢芝居

長編時代小説〈書き下ろし〉

百姓が実の娘の目前で無礼打ちにされた。町方が手出しできない大身旗本の冷酷な所業に、白縫半兵衛が下した決断とは。シリーズ最終巻。

藤井邦夫

日溜り勘兵衛　極意帖

眠り猫

長編時代小説〈書き下ろし〉

老猫を膝に抱き縁側で転た寝する素性の知れぬ浪人。盗賊の頭という裏の顔を持つこの男は善か、悪か!?　新シリーズ、遂に始動！